Die stille Z

Herausgegeben von E

Die stille Zeit

Geschichten und Gedanken nicht nur zu Weihnachten

Herausgegeben von Erika Pluhar

HERDER

FREIBURG · BASEL · WIEN

Gedruckt auf umweltfreundlichem,
chlorfrei gebleichtem Papier

Originalausgabe

www.herder.de
Herstellung: fgb · freiburger graphische betriebe 2004
www.fgb.de
ISBN 3-451-28415-4

Inhalt

Inhalt

Vorwort

Wenn alljährlich der Weihnachtsrummel ausbricht, oft schon Ende Oktober, wenn die Santa Cläuse, Lichterbäume und Tschingelbells, der merkantile Irrsinn dieser zynischen Marketing-Orgie einen wehrlos überfällt, dann flüchte ich in eine innere Weihnachts-Emigration. Für mich bitte kein Weihnachten, sage ich dann, meide Einkaufsstraßen, denke an kein einziges Weihnachtsgeschenk für irgendjemanden und lebe mittlerweile gekonnt an diesem angeblichen Muss vorbei. Während Menschen rundum hektisch und überlastet durch die Wochen vor dem Weihnachtsfest rasen, klinke ich mich einfach aus. Um dann, am „heiligen Abend“, in Muße ein Fest zu begehen. Meine Liebsten um mich, kleine Gaben, die zu besorgen keines Aufwandes bedurfte, gemeinsam speisen und trinken, durchaus Tannengrün, Kerzenschein und Weihnachtslieder, aber vor allem eben das Fest Weih-Nacht. Der Stille, Nachdenklichkeit, dem friedvollen Herzen und der Liebe zueinander ge-weiht. Wenn dies sich nicht fügt, dann weg mit dem ganzen Zirkus. Mit der angeblichen Verpflichtung, partout Geschenke zu tauschen, will ich nichts zu tun haben, wohl wissend, dass dahinter maßgeblich kommerzielle Interessen stehen, die uns herumjagen, um das, nomen est omen, „Weihnachtsgeschäft“ zu beleben. Ich ermuntere, wo ich kann, zum Widerstand. Und beobachte mehr und mehr Menschen, die sich nicht länger in dieser Weise antreiben lassen wollen, um wie die Lemminge in den Abgrund einer erschöpfenden, schlecht gelaunten, von Kauf und Verkauf bestimmten Weihnachtszeit zu stürzen.

Deshalb hier „Die stille Zeit“: Texte auf der Suche nach dem, was wir Menschen nötig haben und uns immer wieder rauben lassen – und auch das nicht nur zur Weihnachtszeit: das Anhalten, die Muße – Genießen, ohne Aufwand zu treiben – die eigene Freude am Leben ohne freizeitgestalterische Animation – Wohlergehen ohne Wellness – das Wahrnehmen von Stille, ohne ins Lärmen zu flüchten – dem Heiligen Raum geben, ohne es banal zu verzuckern – die Weihe annehmen, ohne sentimentalisch Witze zu reißen – das Gefühl bejahen, ohne den Verstand zu verlieren.

In diesem Sinne also mein Weihnachtsbuch.

Erika Pluhar

Joseph von Eichendorff

Weihnachten

Markt und Straßen stehn verlassen,
Still erleuchtet jedes Haus,
Sinnend geh ich durch die Gassen,
Alles sieht so festlich aus.

An den Fenstern haben Frauen
Buntes Spielzeug fromm geschmückt,
Tausend Kindlein stehn und schauen,
Sind so wunderstill beglückt.

Und ich wandre aus den Mauern
Bis hinaus ins freie Feld,
Hehres Glänzen, heil'ges Schauern!
Wie so weit und still die Welt!

Sterne hoch die Kreise schlingen,
Aus des Schnees Einsamkeit
Steigt's wie wunderbares Singen –
O du gnadenreiche Zeit!

Theodor Storm

Weihnachtslied

Vom Himmel in die tiefsten Klüfte
Ein milder Stern herniederlacht;
Vom Tannenwalde steigen Düfte
Und hauchen durch die Winterlüfte,
Und kerzenhelle wird die Nacht.

Mir ist das Herz so froh erschrocken,
Das ist die liebe Weihnachtszeit!
Ich höre ferne Kirchenglocken
Mich lieblich heimatlich verlocken
In märchenstille Herrlichkeit.

Ein frommer Zauber hält mich wieder,
Anbetend, staunend muss ich stehn;
Es sinkt auf meine Augenlider
Ein goldner Kindertraum hernieder,
ich fühl's, ein Wunder ist geschehn.

Anna Pluhar

Der Christbaum

Tanne
du stehst in meinem Zimmer
Und wie immer
bist du ein Traum,
ein Zauberbaum
aus meinen Kindertagen.
Ich stelle keine Fragen
wenn ich dich seh',
wie eine Fee
strahlst du mich an,
bist glänzend angetan
und weißt nicht wie dir ist.
Der heilige Christ
liegt in der Krippe dir zu Füßen,
die Engelein die süßen
schweben hold in deinen Zweigen
und ganz oben ein goldener Stern
flimmert unerreicht und fern.
Du duftest, Christbaum
so gut nach meinem Kindertraum.
Ich hab dich gern.

Hermann Hesse

Weihnachten des Alten

Als ich ein Knabe war, in Weihnachtszeiten,
Wie war ich selig da und unersättlich,
Im Duft der Kerzen mit dem neuen Spielzeug
Zu spielen unterm Tannenbaum: dem Ross,
Dem Bilderbuch, der Eisenbahn, der Violine!
Und wenn auch jedes Spielzeug bald erlosch
Und Alltag wurde, jeder Weihnachtsbaum
War wieder neu, war Fest und Wunder,
Umfing mich wieder mit dem Zaubernetz.

Heut weiß ich keine neuen Spiele mehr,
Erschöpft ist Glanz und Lust, der lange Weg
Liegt hinter mir, zerbrochenen Spielzeugs voll,
Die Scherben klirren. Doch die Sehnsucht malt
Mir einen letzten, höchsten Zauber noch
In holden Farben aus: das letzte Fest,
Den Ausgang aus der Spiel- und Kinderwelt,
Den Eingang in die nächste, tief ersehnt.

Dein denk ich, wenn die leergewordne Welt
Um mich mit ihren farbigen Scherben flirrt,
Dein denk ich, letztes Spiel, geliebter Tod!
Aufglänzend wird noch einmal Kinderlust,
Noch einmal wird der dürre Christbaum blüh'n
Und Wunder strahlen, dass im dunklen Schacht
Das Herz von neuer Wonne bang erquillt.
Und zwischen Kerzenglanz und Tannenduft
Und all dem Wust zerbrochner Spielerei'n
Wird aus dem wonnevollen Dunkel
Die ferne Stimme meiner Mutter rufen.

Hermann Hesse

Als unser kleines stilles Christfest beendet war …

Als unser kleines stilles Christfest beendet war, noch vor zehn Uhr am Abend des 24. Dezember, war ich müde genug, um mich auf Nacht und Bett und vor allem darauf zu freuen, dass nun zwei ganze Tage ohne Post und ohne Zeitung vor uns lagen. Unsere große Wohnstube, die so genannte Bibliothek, sah ebenso unordentlich und abgekämpft aus wie unser Inneres, aber viel heiterer, denn obwohl wir nur zu dreien gefeiert hatten: Hausherr, Hausfrau und Köchin, gaben doch das Tannenbäumchen mit den herabgebrannten Kerzen, das Durcheinander von farbigen, goldenen und silbernen Papieren und Bändern und auf den Tischen die Blumen, die übereinander geschichteten neuen Bücher, die teils straff teils müde und halb eingesunken an die Vasen gelehnten Malereien, Aquarelle, Steinzeichnungen, Holzschnitte, Kindermalereien und Photographien der Stube eine ungewohnte und festliche Überfülltheit und Bewegtheit, etwas von Jahrmarkt und etwas von Schatzkammer, einen Hauch von Leben und von Unsinn, von Kinderei und Spielerei. Und dazu kam die Luft, die mit Düften ebenso ungeordnet und übermütig beladene Luft mit dem Neben- und Ineinander von Harz, Wachs, Verbranntem, von Backwerk, Wein, Blumen. Des weitern stauten sich im Raume und in der Stunde, wie es alten Leuten zukommt, die Bilder, Klänge und Düfte von vielen, sehr vielen Festen vergangener Jahre, siebzig und mehr Male hatte seit dem ersten großen Erlebnis die Weihnacht mich wieder besucht, und waren es bei meiner Frau manche Jahre und Christfeste weniger, so war bei ihr dafür die Fremde, die Ferne und Erloschenheit und Unwiederbringlichkeit der Heimat und Geborgenheit noch größer als bei mir. War in den letzten angestrengten Tagen das Schenken und Packen, Beschenktwerden und Auspacken, das Sichbesinnen auf echte und unechte Verpflichtungen (die sich für Vernachlässigung oft unerbittlicher rächen als jene) und die ganze etwas überhitzte und überhetzte Betriebsamkeit einer Weihnachtszeit in unserem ruhelosen Zeitalter schon schwer zu bewältigen gewesen, so war diese Wiederbegegnung mit den Jahren und Festen vieler Jahrzehnte eine noch strengere Aufgabe, doch war es wenigstens eine echte und sinnvolle, und die echten und sinnvollen Aufgaben haben den Segen, nicht nur zu fordern und zu zehren, sondern auch zu helfen und zu stärken. Zumal in einer aufgelösten, am Mangel an Sinn erkrankten und hinsterbenden Zivilisation gibt es ja für den Einzelnen wie für die Gemeinschaften kein anderes Heil- und Nahrungsmittel, keine andere Kraftquelle fürs Weiterleben, als die Begegnung mit dem, was allem zum Trotz unserem Sein und Tun Sinn gibt und uns rechtfertigt. Und bei der Erinnerung an die Feste und Zusammenhänge eines ganzen Lebens, dem Lauschen auf Klänge und Regungen der Seele bis in die farbige Wildnis der Kindheit zurück, dem Blicken in geliebte längst erloschene Augen erweist sich eben doch das Vorhandensein eines Sinnes, einer Einheit, einer geheimen Mitte, um die wir, bald wissend, bald unwissend, lebenslang gekreist sind. Von den wachs- und honigduftenden frommen Christfesten der Kindheit, in einer, wie es schien, noch heilen, vor Zerstörung sicheren, an ihre Zerstörungsmöglichkeit nicht glaubenden Welt, über alle Wandlungen, Krisen, Erschütterungen und Wiederbesinnungen unseres privaten Lebens wie unserer Epoche hinweg hat sich in uns ein Kern erhalten, ein Sinn, eine Gnade, nicht an irgendein Dogma der Kirchen oder der Wissenschaften, sondern an das Vorhandensein einer Mitte, um die auch ein gefährdetes und gestörtes Leben sich stets aufs Neue ordnen kann, ein Glaube an die Erreichbarkeit Gottes von eben diesem innersten Kern unseres Wesens aus, an die Koinzidenz dieses Zentrums mit der Gegenwart Gottes. Wo er gegenwärtig ist, mag ja auch das Hässliche und scheinbar Sinnlose ertragen werden, denn für ihn ist nirgends Erscheinung und Sinn getrennt, für ihn ist alles Sinn.

Ilse Aichinger

Vor der langen Zeit

Ich glaube, ich war damals acht oder neun Jahre alt. Ich sehe die Laienschwester vor mir, eine der Schwestern, die aufräumen und die – zum Unterschied von den höheren Ordensfrauen – die weißen Hauben tragen. Ich sehe sie gegen die halbgeöffneten Fenster des Festsaals, das helle und ein wenig verdrossene Licht des frühen Nachmittags und den Staub, der wie Weihrauch aufsteigt und sich in diesem Licht bewegt, gegen die kahlen feuchten Äste draußen im halben Wind. Und dann erinnere ich mich.

Ich erinnere mich der Stunde, die diesem Staub und diesem Licht und dieser Schwester aufgesetzt ist: es ist kurz nach drei Uhr nachmittags, am dreiundzwanzigsten Dezember. Und ich weiß in diesem Augenblick, dass jetzt Weihnachten ist, zu dieser Stunde, dass es jetzt schon ist, nicht erst morgen – und dass nichts sie überbieten wird. Es ist eine Stunde ohne Stern im Finstern, ohne Schnee, ohne Baum, und die Kuppel der russischen Kirche drüben in dem milchigen Himmel sieht aus, als wäre auch sie von Staub überzogen. Und doch weiß ich in diesem Moment: es ist jetzt. Alles vergewissert mich dessen: Die halb abgewandte Schwester mit Besen und

Schaufel in Händen, die auf den Kopf gestellten Sessel und die Stimmen der andern, die sich an der Pforte unten verabschieden, ehe sie in die Ferien gehen.

Ich gehe langsam die Treppen hinunter, durch den dunklen Raum, in dem die Kirchschleier aufbewahrt werden, an dem Sprechzimmer mit den gläsernen Türen und den Gummibäumen vorbei. Ich läute unten und lasse mir von der Pfortenschwester Mantel und Mütze in Ordnung bringen und sage „Fröhliche Weihnachten", ehe ich gehe. Und dabei denke ich noch einmal an den verlassenen Festsaal, an die Stunde, die ich verließ.

Es gab Jahre, in denen Weihnachten schon auf den zweiten Dezember fiel, auf einen Augenblick, in dem wir uns auf einer Truhe im Gang die etwas zu engen Schneeschuhe überzuziehen versuchten. Und im Grunde fiel es mit jedem Jahr, das ich älter wurde, früher. Einmal auf einen Augenblick im Oktober, in dem meine Großmutter den Parkwächter des botanischen Gartens fragte, weshalb heute schon früher gesperrt würde – einmal sogar mitten in den September hinein.

Und die Zeit, die dann zwischen diesem Augenblick und dem Heiligen Abend verstrich, war keine Zeit, war viel eher ein Teil des Raumes geworden, ein dunkler, stiller Flügel, der sich gefaltet hatte über dem Rattern der Straßenbahnen, dem Küchenlärm am Sonntag, der Stimme des Geographielehrers am halben Vormittag.

Viel später, als ich schon erwachsen war, erzählte mir jemand, er hätte an einem heißen Augusttag in der Nähe des

Seebades Brighton aus einem kleinen Kofferradio das Lied „Stille Nacht" gehört. Da fiel mir meine Kinderzeit ein, und ich dachte, vielleicht wären die Leute in dem Boot bei Brighton auf dem rechten Weg. Vielleicht müsste man, damit Weihnachten wieder auf Weihnachten fiel, das Jahr nach der anderen Richtung hin durchstoßen, durch den Hochsommer, durch den April und den März, diese schwierigen und nüchternen Monate hindurchkommen, um wieder im Dezember zu sein.

Vielleicht hängen die viel zu früh und viel zu oft an allen Bahnstationen und auf den verlassenen Autobushaltestellen errichteten Christbäume bis zu einem kleinen Grad auch mit derselben Angst zusammen, es könnte vorbei sein, Weihnachten, dieser Leben gebende Augenblick könnte irgendwann einmal nicht sein – mit dem Verlangen, die Zeit aus dem Raum zu drängen. Denn die Angst hat ja zugenommen und das Verlangen auch.

„Mutter, ich habe den Heiligen Christ gesehen" – sagt das Mädchen Sanna in der Erzählung „Bergkristall" von Stifter. Und es hat ihn in der Heiligen Nacht gesehen, im rechten Moment. Jetzt wird es in Ruhe den Januar und den März kommen lassen, den Juni, Juli und den August, und es wird auch am dreiundzwanzigsten Dezember des nächsten Jahres den Augenblick nicht vorwegnehmen.

Was sollen wir aber tun, damit die Christnacht wieder in die Christnacht fällt? Wie sollen wir ohne die Vorwegnahme aller Feste den um so vieles gesteigerten Küchenlärm dieser Zeit ertragen und im stärkeren Zweilicht die Stimmen ihrer Lehrer, die von immer neuen Todesarten wissen? Wie sollen wir die Verschiebungen der Furcht und des Verlangens wieder von uns lösen und uns den Festen und den Ernüchterungen anheimgeben, wie sie kommen?

Ich erinnere mich, dass es mir außer in der frühesten Kindheit nur mehr kurz vor dem Krieg und im Krieg gelungen ist. Damals, als die äußere Bedrängnis der inneren zu Hilfe kam, und beide zusammen wie zwei Engel den Augenblick wieder in sein Recht setzten.

In Österreich hatten zu Weihnachten 1938 Verfolgung und Unsicherheit für viele Familien begonnen. Auch wir hatten unsere Wohnung verlassen müssen und wohnten bei unserer Großmutter. Meine Schwester und ich lagen miteinander in einem Bett im Wohnzimmer, und auf dem Klavier neben dem Bett stand der Christbaum. Wenn man nachts erwachte und sich aufrichtete, konnte man zuweilen die Silberfäden in dem Ebenholz sich spiegeln sehen.

Noch einmal brandete die Kindheit gegen alle Mauern, warf sich von dem eiskalten und unbewohnten Salon her gegen die Türen, zitterte mit den schlecht verkitteten Scheiben, wenn unten auf der kleinen Bahnlinie ein Lastwagen vorüberfuhr, in der Richtung nach Osten. Vielleicht waren es dieselben Lastwagen, die nur wenig später den Deportationen dienten – noch verteilte sich der Rauch der altmodischen Lokomotive wie Licht auf dem Nachthimmel, noch dienten sie der Kindheit.

Aber vielleicht, dass die beiden Dienste auf eine geheimnisvolle und undurchschaubare Weise zusammenfielen, dass die späteren furchtbaren und oft ohne Trost durchstandenen Leiden so vieler der kurzen und ebenso ungeschmälerten Freude dieses Festes zu Hilfe kamen. Denn vermutlich hat die äußerste Bedrängnis mit der äußersten Geborgenheit mehr zu tun, als das Mittlere mit beiden von ihnen. Jedenfalls fiel in diesem Jahr, und auch in den folgenden noch um vieles elenderen, Weihnachten wieder auf Weihnachten, uneingeschränkt und angstlos wie in der früheren Zeit.

Wenn man den Schmerz ermisst, von dem ich überzeugt bin, dass er dieser und aller Freude dient, der Kindheit, dem Christfest – den ungetrösteten und ungestillten Schmerz aller Jahrtausende, so ermisst man die Schulden, die von jedem von uns abzutragen sind. Wenn es uns gelänge, und sei es auch nur durch die Hinnahme der Ernüchterung, der Angst und Verwirrung dieser Zeit: vielleicht fiele dann noch einmal der Heilige Abend auf den Heiligen Abend, die Stimme des Engels auch für uns wieder in die Heilige Nacht.

Lore Lorentz

Ich denke an Aloysius Schwammel

Er hieß Aloysius Schwammel und war ein guter Mensch. Natürlich, ich müsste Weihnachten an Konsumterror denken, meine Gedanken und meine Feder an der Absurdität wetzen, dass Städte ausgerechnet dann am hellsten strahlen, wenn wir im Advent im Dunkeln auf das Licht warten sollen. Gegen Geschenkerpressung sollte ich wettern und verkleidete Weihnachtsmannsurrogate. Aber ich denke an Pater Schwammel, der uns den Katechismus nahe bringen sollte und uns statt dessen die Bibel erzählte. Als wir sechs, sieben, acht und neun Jahre alt waren.

Seit dieser Zeit bin ich bibelfest. Nicht was die Sprüche anbelangt. Mit Ezechiel 45, 1 kann man mich jederzeit in Verlegenheit bringen, aber der Gesichtsausdruck, mit dem der Walfisch Jonas in Ninive ans Land gespuckt hat, um dann befriedigt wieder in die Fluten zu tauchen, den kenne ich. Da macht mir keiner was vor. Ich weiß auch, was sich in Petrus abgespielt hat, als er mutig, aber eben unbedacht und unchristlich dem römischen Hauptmann das Ohr abschlug. Beschämt blickte er zu Boden, schob verlegen mit der Sandale ein paar abgefallene Oliven hin und her, um schließlich doch sehr erleichtert zu sein, als der Herr die Sache mit dem Ohr wieder reparierte. Ich könnte es malen, wenn ich malen könnte.

Pater Schwammel spielte uns die Heilige Schrift nicht nur vor, er gestaltete sie. Im Alten Testament schob er die Dramatik doch wohl zu sehr in den Vordergrund. Die Beinahe-Opferung des Isaak durch Abraham geriet ihm fast zum Psychothriller. Aber im Neuen Testament hatte er Zwischentöne von bezaubernder Zartheit, die Volksszenen waren voll Saft und Kraft, und die Krämer jagte er aus dem Tempel, wie es einen jungen Revolutionär heute begeistern würde. Grandios sein Pilatus, die Waschschüssel vor sich, ganz Rom hinter sich.

Er spielte alle Rollen selbst. Auf dem kleinen Podium unserer Klasse verwandelte er sich vom ersten bis zum zwölften Apostel. Im Sprunge wechselte er die Mimik eines Jakobus (erdverbunden) mit der des Judas Ischariot (übles Schlitzohr, die dreißig Silberlinge schon im Augenwinkel). Seine Szene „Der Herr besucht den ungläubigen Thomas“ wäre heute oscarverdächtig. Thomas in seinem Hause, bramarbasierend über intellektuelle Gepflogenheiten, nichts zu glauben, was nicht zu beweisen wäre – ein Hupfer nach links –, Thomas fasste es nicht, erschrickt, erkennt den Herrn – ein Hupfer nach rechts –, der Herr blickt Thomas traurig an, nimmt dessen Hand und legt sie auf die Wunden – ein Hupfer nach links –: Nicht doch, Herr nicht doch! So war es nicht gemeint. Fortan will ich glauben und nicht wissen.

Kein Weihnachten, an dem ich ihn nicht wieder vor mir sehe und den zarten Takt bewundere, mit dem er die doch reichlich zwiespältige Rolle Josefs meisterte. Einer volkszählenden Bürokratie ausgeliefert, die zudem auch völlig überfordert war, weil man solches noch nie vorher gehabt hatte! Raffgieriger Hotelbesitzer, und wahrscheinlich mehr oder weniger plumpe Fragen wie: Sind Sie der Vater des zu erwartenden Kindes? Aber Pater Schwammel schaffte es. Von seinem Josef ging schlichte Würde aus, auch als er sich müde durch das karge heilige Land schleppte, immer behutsam Marien stützend, dann endlich den Stall fand und entschied: Besser als nichts! Maria, froh, ein Dach über dem Kopf zu haben, blickte nur kurz um sich, Josef dankbar an, und ich glaube, sie streichelte einem Lämmlein über den wolligen Pelz. Als Kuh und Kälbchen, Muli und Esel zugleich bildete der Pater zwischen uns und der Mutter eine Wand der Diskretion in ihrer schweren Stunde, um uns gleich darauf mit einer stolzen und zärtlichen Gebärde das gewickelte Kind in der Krippe zu zeigen. Noch ein kurzer Farbtupfer in dem Gemälde, sozusagen im Vorübergehen, Josef auf den Stab gestützt, und dann waren wir mit ihm draußen auf dem Feld, trafen Hirten, die uns aufgeregt entgegenkamen und von himmlischen Gestalten schwatzten, die ihnen eine große Freude verkündet hätten. Es waren, so erinnere ich mich, mindestens fünf Herren, jeder anders in seiner Haltung dem Unbegreiflichen gegenüber. Aber auch der ungläubige Forsche, der zaghafte Untertan, der Neugierige, der Scherzbold und der Mitläufer, sie wurden im Stall zu bedingungslosen Anbetern. Wir auch. Mein Gott, waren wir froh, dass alles gut gegangen war, und wir ehrten Ihn in der Höhe und wünschten auf Erden Frieden den Menschen, die guten Willens sind.

Der Besuch der Heiligen Drei Könige ließ uns vergleichsweise kalt. Schön, das Palaver in der Wüste, nachdem sie den Stern entdeckt hatten und ihre Astronomen befragt, hatte eine gewisse Dichte. Auch beim pomphaften Auftritt der drei im Notquartier knisterte soziale Spannung, aber ich, für mich, stellte in erster Linie mit Genugtuung fest, dass sich Josef nicht unterwürfig benahm und Maria nicht daran dachte, sich zu entschuldigen, weil es nicht aufgeräumt war. Einige Mädchen in der Klasse bemängelten dies, ich hätte es schon damals als kleinkariert empfunden. Einig waren wir uns über die Popeligkeit der Geschenke. Gold, nun ja, aber Weihrauch und Myrrhe? Ich weiß heute, Pater Aloysius Schwammel ist schuld daran, dass ich niemals zur Weihnachtszeit eine Krippe aufstelle und auch keine Krippenfiguren sammle. Was er meiner Phantasie geschenkt hat, würde jede Figur zu einem Schemen werden lassen.

Mynona

Das Weihnachtsfest des alten Schauspielers Nesselgrün

Am 21. August 1910 wurde der bejahrte Schauspieler Giselher Nesselgrün so sentimental, wie er es sonst nur Weihnachten war, und mit einer von der Theatromanie begünstigten Einbildungskraft versetzte er sich in eine so festliche Stimmung, dass er beim Gärtner ein Tannenbäumchen erstand und alles irgend Nötige zur Ausschmückung und gehörigen Bescherung einkaufte. „Das ist doch geradezu lächerlich", knurrte er, „die Feste zu feiern, wie sie fallen! Die Natur ist nur eine Art unbequemes Theater mit unübersehbarer Regie – ach! und mit lumpiger Gage. Corrigeons la nature!" Gegen Abend entzündete Nesselgrün die ganze Pracht, sein Phonograph ließ einen herrlichen Choral ertönen. Der alte Herr schellte, seine Wirtin kam und geriet über das Ungewöhnliche in einige Besorgnis. „Ihre Kinderchen, bitte!" rief der alte Herr. „Ja, aber Herr Nesselgrün, mit Weihnachten hat es doch noch Zeit – fühlen Sie sich wohl?" – „Ich danke, Frau Julke, also bitte, die Kinder!" Die Kinder erschienen, von Frau Julke ängstlich behütet, zwei Buben, ein noch ganz kleines Mädchen. Sie brachen in ein grässliches Halloh aus, als im Moment ein kleines Tischfeuerwerk losprasselte und abbrannte. Frau Julke seufzte und fuhr mit der Hand nach dem Herzen. Dann sagte sie: „Mir freut es gewiss, Herr Nesselgrün, wenn Sie meine Kinder so'ne Überraschung machen – das muss ich Sie aber doch sagen: so alt, als wie ich geworden bin –"

„Julke!", unterbrach sie der alte Herr streng, „Sie verstehen nichts von Regie, und Ihr Kaffee schmeckt wie Langeweile mit Ekel drin – jehn Sie hinter die Kulisse, das rate ich Ihnen!" Die Kinder weinten, Frau Julke riss sie aus dem Zimmer und schlug die Tür hinter sich zu: „Eine schlimme Weihnacht", brummte Giselher. Er sah aus dem Fenster, weil es ihm unten nicht geheuer schien. Eine Menge Menschen starrten zu ihm hinauf, unter ihnen stand Frau Julke, gestikulierte stark und hielt eine Rede. Die Leute lachten und johlten. Giselher stellte den Phonographen ins Fenster. „Stille Nacht, heilige Nacht" ertönte es in den Lärm hinein. Die Leute führten jetzt vor Vergnügen wahre Veitstänze auf. Nesselgrün wurde wütend: „Das Spiel ist vortrefflich", schrie er hinunter, „die Regie bewährt sich vollkommen. Dass das Publikum aus der Rolle fällt und den dürftigen prosaischen Umstand, dass heute außerhalb unseres Spiels Ende August ist, nicht vergisst" – mit eins entstand unten tiefe Stille, alles hielt den Atem an, unwillkürlich gefesselt –, „dass das Publikum", fuhr Nesselgrün ingrimmig fort, „nicht so viel Illusionskraft hat, sich im Sommer den Winter vorzustellen, kommt mir doch bedenklich vor. Es ist ein Mangel an künstlerischer Kraft. Müsst ihr immer erst ins Theater gehen, Leute, oder auf Traum und Fastnacht, auf Rausch und Irrsinn warten, eher ihr so kühn werdet, die Natur zu dirigieren? Ist nicht Weihnachten ein so schönes, erquickliches Fest, dass man es mindestens einmal in jedem Monat feiern sollte? Glaubt mir altem, ausgedientem Manne!" Damit schleuderte er Konfetti und künstlichen Schnee auf die Straße, und in einem Nu steckte er das kindliche Volk mit seiner Begeisterung an. Die allezeit zu Scherz, Fest und Freude aufgelegte Jugend riss die Eltern mit sich fort. Alle Gärtnerläden wurden geplündert. Bald flammten Lichtbäume an allen Fenstern; man sang heilige Lieder. Der kleine Ort war die ganze Nacht hindurch voller Fröhlichkeit. „Es ist der schönste Erfolg, den jemals ein Schauspieler errungen hat!" seufzte Nesselgrün. „Da leben sie nun, ganz in meine Illusion gehüllt. Ach! aber wer andere hineinversetzen will, darf selber nicht darin sein." Er zog seinen Schlafrock eng um seine alten Glieder. „Frau Julke!" brüllte er. Die Frau steckte ihre Nase durch die Tür. „Welches Datum haben wir heute?" – „Außerhalb oder sonst wo?" replizierte die Julke. Nesselgrün lachte: „Sehen Sie, Frau Julke", belehrte er sie, „dem Theater gegenüber muss man vorsichtig sein. Wäre die Regie noch besser gewesen, dann hätte es heute auch außerhalb geschneit." – „Oh, du mein Gott", jammerte die Julke, „Sie machen alle Welt verrückt. Einen vons Theater nehme ich nie wieder!"

ERICH KÄSTNER

VERHINDERTE WEIHNACHTEN

(EIN ALTES KINDERSPIEL, RENOVIERT)

Zunächst verteile man die schönsten Rollen:
Der Gustav eignet sich – weil er mutiert –
zum Weihnachtsmann. Valeska bäckt die Stollen,
indem sie Semmeln mit Rosinen ziert.

Als Mutter lässt sich Frieda gut gebrauchen.
Denn sie ist dick und trägt bereits Frisur.
Und Karl muss Vater sein. Denn Karl kann rauchen.
Und außerdem besitzt er eine Uhr.

Die andern Kinder können Kinder bleiben.
Sie dürfen kratzen, Nasen ziehn und schrein
und dürfen gern ein bisschen übertreiben.
Auch heulen dürfen sie. Doch nur zum Schein.

Dann werden die Rouleaus herabgelassen,
damit es dunkel wird und draußen schneit.
Der Karl muss öfters an den Ofen fassen
und murmeln: „O du liebe Weihnachtszeit!"

Und dann darf Gustav in das Zimmer treten.
Als Weihnachtsmann. Mit einem weißen Bart.
Und brummen muss er: „Könnt ihr denn auch beten?
Damit ich sehe, ob ihr artig wart!“

Da müssen alle Kinder schrecklich lachen
und rufen: Gustav sei kein Weihnachtsmann!
Mit ihnen wäre so was nicht zu machen!
Da geht dann Gustav wieder nebenan.

Jetzt müssen beide Eltern furchtbar zanken:
Pfui! Das erlebten sie zum erstenmal!
Und solche Eltern könnten sich bedanken!
Und solche Kinder wären ein Skandal!

Zum Schluss muss Karl sich möglichst ernst gebärden,
und man muss spüren, dass er es beklagt:
„Da unsre Kinder täglich klüger werden“
– erklärt er – „wird die Feier abgesagt.“

Rainer Maria Rilke

Vor Weihnachten 1914

Da kommst du nun, du altes zahmes Fest,
und willst, an mein einstiges Herz gepresst,
getröstet sein. Ich soll dir sagen: du
bist immer noch die Seligkeit von einst
und ich bin wieder dunkles Kind und tu
die stillen Augen auf, in die du scheinst.
Gewiss, gewiss. Doch damals, da ichs war,
und du mich schön erschrecktest, wenn die Türen
aufsprangen – und dein wunderbar
nicht länger zu verhaltendes Verführen
sich stürzte über mich wie die Gefahr
reißender Freuden: damals selbst, empfand
ich damals *dich?* Um jeden Gegenstand
nach dem ich griff, war Schein von deinem Scheine,
doch plötzlich ward aus ihm und meiner Hand,
ein neues Ding, das bange, fast gemeine
Ding, das besitzen heißt. Und ich erschrak.
O wie doch alles, eh ich es berührte,
so rein und leicht in meinem Anschaun lag.
Und wenn es auch zum Eigentum verführte,
noch war es keins. Noch haftete ihm nicht

mein Handeln an; mein Missverstehn; mein Wollen
es solle etwas sein, was es nicht *war*.
Noch war es klar
und klärte mein Gesicht.
Noch fiel es nicht, noch kam es nicht ins Rollen,
noch war es nicht das Ding, das widerspricht.

Erich Kästner

Ein Kind hat Kummer

Nur einmal in jedem Jahre hätte ich sehnlich gewünscht, Geschwister zu besitzen: am Heiligabend! Am Ersten Feiertag hätten sie ja gut und gerne wieder fortfliegen können, meinetwegen erst nach dem Gänsebraten mit den rohen Klößen, dem Rotkraut und dem Selleriesalat. Ich hätte sogar auf meine eigene Portion verzichtet und statt dessen Gänseklein gegessen, wenn ich nur am 24. Dezember abends nicht allein gewesen wäre! Die Hälfte der Geschenke hätten sie haben können, und es waren wahrhaftig herrliche Geschenke!

Und warum wollte ich gerade an diesem Abend, am schönsten Abend eines Kinderjahres, nicht allein und nicht das einzige Kind sein? Ich hatte Angst. Ich fürchtete mich vor der Bescherung! Ich hatte Furcht davor und durfte sie nicht zeigen. Es ist kein Wunder, dass ihr das nicht gleich versteht. Ich habe mir lange überlegt, ob ich darüber sprechen solle oder nicht. Ich will darüber sprechen! Also muss ich es euch erklären.

Meine Eltern waren, aus Liebe zu mir, aufeinander eifersüchtig. Sie suchten es zu verbergen, und oft gelang es ihnen. Doch am schönsten Tag im Jahr gelang es ihnen nicht.

Sie nahmen sich sonst, meinetwegen, so gut zusammen, wie sie konnten, doch am Heiligabend konnten sie es nicht sehr gut. Es ging über ihre Kraft. Ich wusste das alles und musste, uns dreien zuliebe, so tun, als wisse ich's nicht.

Wochenlang, halbe Nächte hindurch, hatte mein Vater im Keller gesessen und, zum Beispiel, einen wundervollen Pferdestall gebaut. Er hatte geschnitzt und genagelt, geleimt und gemalt, Schriften gepinselt, winziges Zaumzeug zugeschnitten und genäht, die Pferdemähnen mit Bändern durchflochten, die Raufen mit Heu gefüllt, und immer noch war ihm, beim Blaken der Petroleumlampe, etwas eingefallen, noch ein Scharnier, noch ein Beschlag, noch ein Haken, noch ein Stallbesen, noch eine Haferkiste, bis er endlich zufrieden schmunzelte und wusste: Das macht mir keiner nach!

Ein andermal baute er einen Rollwagen mit Bierfässern, Klappleitern, Rädern mit Naben und Eisenbändern, ein solides Fahrzeug mit Radachsen und auswechselbaren Deichseln, je nachdem, ob ich zwei Pferde oder nur eins einspannen wollte, mit Lederkissen fürs Abladen der Fässer, mit Peitschen und Bremsen am Kutschbock, und auch dieses Spielzeug war ein fehlerloses Meisterstück und Kunstwerk!

Es waren Geschenke, bei deren Anblick sogar Prinzen die Hände überm Kopf zusammengeschlagen hätten, aber Prinzen hätte mein Vater sie nicht geschenkt.

Wochenlang, halbe Tage hindurch, hatte meine Mutter die Stadt durchstreift und die Geschäfte durchwühlt. Sie kaufte jedes Jahr Geschenke, bis sich deren Versteck, die Kommode, krummbog. Sie kaufte Rollschuhe, Ankersteinbaukästen, Buntstifte, Farbtuben, Malbücher, Hanteln und Keulen für den Turnverein, einen Faustball für den Hof, Schlittschuhe, musikalische Wunderkreisel, Wanderstiefel, einen Norwegerschlitten, ein Kästchen mit Präzisionszirkeln auf blauem Samt, einen Kaufmannsladen, einen Zauberkasten, Kaleidoskope, Zinnsoldaten, eine kleine Druckerei mit Setzbuchstaben und, von Paul Schurig und den Empfehlungen des Sächsischen Lehrervereins angeleitet, viele, viele gute Kinderbücher. Von Taschentüchern, Strümpfen, Turnhosen, Rodelmützen, Hemden und ähnlich nützlichen Dingen ganz zu schweigen. Es war ein Konkurrenzkampf aus Liebe zu mir, und es war ein verbissener Kampf. Es war ein Drama mit drei Personen, und der letzte Akt fand, alljährlich, am Heiligabend statt. Die Hauptrolle spielte ein kleiner Junge. Von seinem Talent aus dem Stegreif hing es ab, ob das Stück eine Komödie oder ein Trauerspiel wurde. Noch heute klopft mir, wenn ich daran denke, das Herz bis in den Hals. Ich saß in der Küche und wartete, dass man mich in die Gute Stube rief, unter den schimmernden Christbaum, zur Bescherung. Meine Geschenke hatte ich parat: für den Papa ein Kistchen mit zehn oder gar 25 Zigarren, für die Mama einen Schal, ein selbstgemaltes Aquarell oder – als ich einmal nur noch 65 Pfennige besaß – in einem Karton aus Kühnes Schnittwarengeschäft, hübsch verpackt, die sieben Sachen. Die sieben Sachen? Ein Röllchen weißer und ein Röllchen schwarzer Seide, ein Heft Stecknadeln und ein Heft Nähnadeln, eine Rolle weißen Zwirn, eine Rolle schwarzen Zwirn und ein Dutzend mittelgroßer schwarzer Druckknöpfe, siebenerlei Sachen für 65

Pfennige. Das war, fand ich, eine Rekordleistung! Und ich wäre stolz gewesen, wenn ich mich nicht so gefürchtet hätte.

Ich stand also am Küchenfenster und blickte in die Fenster gegenüber. Hier und dort zündete man schon die Kerzen an. Der Schnee auf der Straße glänzte im Laternenlicht. Weihnachtslieder erklangen. Im Ofen prasselte das Feuer, aber ich fror. Es duftete nach Rosinenstollen, Vanillezucker und Zitronat. Doch mir war elend zumute. Gleich würde ich lächeln müssen, statt weinen zu dürfen.

Und dann hörte ich meine Mutter rufen: „Jetzt kannst du kommen!“ Ich ergriff die hübsch eingewickelten Geschenke für die beiden und trat in den Flur. Die Zimmertür stand offen. Der Christbaum strahlte. Vater und Mutter hatten sich links und rechts vom Tisch postiert, jeder neben seine Gaben, als sei das Zimmer samt dem Fest halbiert. „Oh“, sagte ich, „wie schön!“ und meinte beide Hälften. Ich hielt mich noch in der Nähe der Tür, so dass mein Versuch, glücklich zu lächeln, unmissverständlich beiden galt. Der Papa, mit der erloschnen Zigarre im Munde, beschmunzelte den firnisblanken Pferdestall. Die Mama blickte triumphierend auf das Gabengebirge zu ihrer Rechten. Wir lächelten zu dritt und überlächelten unsre dreifache Unruhe. Doch ich konnte nicht an der Tür stehen bleiben!

Zögernd ging ich auf den herrlichen Tisch zu, auf den halbierten Tisch, und mit jedem Schritt wuchsen meine Verantwortung, meine Angst und der Wille, die nächste Viertelstunde zu retten. Ach, wenn ich allein gewesen wäre, allein mit den Geschenken und dem himmlischen Gefühl, doppelt und aus zweifacher Liebe beschenkt zu werden! Wie selig wäre ich gewesen, und was für ein glückliches Kind! Doch ich musste meine Rolle spielen, damit das Weihnachtsstück gut ausgehe. Ich war ein Diplomat, erwachsener als meine Eltern, und hatte dafür Sorge zu tragen, dass unsre feierliche Dreierkonferenz unterm Christbaum ohne Missklang verlief. Ich war, schon mit fünf und sechs Jahren und später erst recht, der Zeremonienmeister des Heiligen Abends und entledigte mich der schweren Aufgabe mit großem Geschick. Und mit zitterndem Herzen.

Ich stand am Tisch und freute mich im Pendelverkehr. Ich freute mich rechts, zur Freude meiner Mutter. Ich freute mich an der linken Tischhälfte über den Pferdestall im Allgemeinen. Dann freute ich mich wieder rechts, diesmal über den Rodelschlitten, und dann wieder links, besonders über das Lederzeug. Und noch einmal rechts, und noch einmal links, und nirgends zu lange, und nirgends zu flüchtig. Ich freute mich ehrlich und musste meine Freude zerlegen und zerlügen. Ich gab beiden je einen Kuss auf die Backe. Meiner Mutter zuerst. Ich verteilte meine Geschenke und begann mit den Zigarren. So konnte ich, während der Papa das Kistchen mit seinem Taschenmesser öffnete und die Zigarren beschnupperte, bei ihr ein wenig länger stehen bleiben als bei ihm. Sie bewunderte ihr Geschenk, und ich drückte sie heimlich an mich, so heimlich, als sei es eine Sünde. Hatte er es trotzdem bemerkt? Machte es ihn traurig?

Nebenan, bei Grüttners, sangen sie „O du fröhliche, o du selige, gnadenbringende Weihnachtszeit!“ Mein Vater holte ein Portemonnaie aus der Tasche, das er im Keller zugeschnitten und genäht hatte, hielt es meiner Mutter hin und sagte: „Das hätt ich ja beinahe vergessen!“ Sie zeigte auf ihre Tischhälfte, wo für ihn Socken, warme lange Unterhosen und ein Schlips lagen. Manchmal fiel ihnen, erst wenn wir bei Würstchen und Kartoffelsalat saßen, ein, dass sie vergessen hatten, einander ihre Geschenke zu geben. Und meine Mutter meinte: „Das hat ja Zeit bis nach dem Essen.“

Herbert Rosendorfer

Die stille Zeit

Es ist üblich, sagte mir Herr Shi-shmi, dass man anlässlich des Gottes-Geburtsfestes, das auch „die Heilige Nacht" genannt wird, seinen Verwandten oder Freunden etwas schenkt. Es ist nicht nur üblich, es ist förmlich ein Zwang. Der Sohn schenkt den Eltern, die Eltern den Kindern, die Schwester dem Bruder, Onkel, Tante, aber auch Schwägern und Cousinen, selbst Nachbarn, Kollegen und Geschäftsfreunden wird geschenkt, die Untergebenen schenken dem Vorgesetzten, alle beschenken sich, ob sie sich leiden können oder nicht. Herr Shi-shmi stöhnt schon bei dem Gedanken, dass er ja rechtzeitig alle Geschenke beisammen hat. Seit Anfang des Monats sind die Großnasen in einem einzigen Rennen begriffen und jagen nach den unsäglichsten Dingen, die sie einander schenken könnten. Die Kaufleute reiben sich natürlich die Hände. Wenn alle ihre Geschenke selber behalten würden, sagt Herr Shi-shmi, gäbe es das ganze Gewürge nicht und es hätte noch den Vorteil, dass man weiß, was man hat, denn in der Regel bekommt man unnötige, überflüssige und unschöne Dinge geschenkt, die man nicht wegwerfen darf, weil sonst der Schenkende beleidigt wäre, und auch nur unter Aufbietung größter Vorsicht und in gebührendem Abstand von einigen Jahren weiterschenken darf. Die Geschenke werden auf dem Schlag am Abend des 24. Tages dieses Monats ausgetauscht. Das Schlimmste, was einem passieren kann, ist, dass man von jemandem etwas geschenkt bekommt, dem man seinerseits – entweder, man hat es für unnötig befunden oder gar vergessen – nichts geschenkt hat. Da die Geschenke auf einen Schlag ausgetauscht werden, ist dieser Fehler irreparabel und der betreffende vergessliche oder nachlässige Beschenkte muss ein Jahr lang den Kopf einziehen und darf sich bei dem anderen nicht blicken lassen.

So zermartern sich die Großnasen die Köpfe, dass sie ja keinen noch so entfernten Stief-Onkel vergessen, und ich sehe Männer wie Weiber wie von Dämonen gepeitscht durch die schneenassen und eisverkrusteten Straßen hecheln, mit großen und kleinen Paketen bis über den Kopf beladen, die sie aus den Läden – wo sie sich hoch verschulden – nach Hause schleppen, um sie dort zu horten, und am 24. Tag gegenseitig austauschen. Oft rutschten sie aus auf dem Eis. Ich beobachte das gern aus meinem Fenster des Hong-tel, das auf eine Straße hinausgeht, in der viele Läden sind. Es reißt ihnen die Beine in die Luft, die Pakete fliegen den anderen um die Köpfe. Manche Pakete rollen auf die Fahrbahn, wo die A-tao-Wägen darüber rollen. Achtlos steigen die anderen gehetzten Großnasen über die Gestürzten hinweg, die verzweifelt versuchen, ihre Pakete wieder einzusammeln.

Das nennen die Großnasen „die stille Zeit“. So feiern sie die Ankunft ihres Gottes. Der wird eine Freude haben. Ich fürchte übrigens, dass ich auch, obwohl so denkbar fernstehend, in den Strudel des Geschenkaustausches hineingezogen werde. Wenn ich einige Andeutungen von Herrn Shishmi richtig verstanden habe, so bereitet er meuchlings ein Geschenk für mich vor. Und so werde ich auch nicht umhin können, ihm etwas zu schenken.

HEINRICH BÖLL

MONOLOG EINES KELLNERS

Ich weiß nicht, wie es hat geschehen können; schließlich bin ich kein Kind mehr, bin fast fünfzig Jahre und hätte wissen müssen, was ich tat – und hab's doch getan, noch dazu, als ich schon Feierabend hatte und mir eigentlich nichts mehr hätte passieren können. Aber es ist passiert, und so hat mir der Heilige Abend die Kündigung beschert. Alles war reibungslos verlaufen: Ich hatte beim Dinner serviert, kein Glas umgeworfen, keine Soßenschüssel umgestoßen, keinen Rotwein verschüttet, mein Trinkgeld kassiert und mich auf mein Zimmer zurückgezogen, Rock und Krawatte aufs Bett geworfen, die Hosenträger von den Schultern gestreift, meine Flasche Bier geöffnet, hob gerade den Deckel von der Terrine und roch: Erbsensuppe. Die hatte ich mir beim Koch bestellt, mit Speck, ohne Zwiebeln, aber sämig, sämig. Sie wissen sicher nicht, was sämig ist; es würde zu lange dauern, wenn ich es Ihnen erklären wollte: Meine Mutter brauchte drei Stunden, um zu erklären, was sie unter sämig verstand. Na, die Suppe roch herrlich, und ich tauchte die Schöpfkelle ein, füllte meinen Teller, spürte und sah, dass die Suppe richtig sämig war – da ging meine Zimmertür auf, und herein kam der Bengel, der mir beim Dinner aufgefallen war: klein, blass, bestimmt nicht älter als acht, hatte sich den Teller hoch füllen und alles, ohne es anzurühren, wieder abservieren lassen: Truthahn und Kastanien, Trüffeln und Kalbfleisch, nicht mal vom Nachtisch, den doch kein Kind vorübergehen lässt, hatte er auch nur einen Löffel gekostet, ließ sich fünf halbe Birnen und 'nen halben Eimer Schokoladensoße auf den Teller kippen und rührte nichts, aber auch nichts an und sah doch dabei nicht mäklig aus, sondern wie jemand, der nach einem bestimmten Plan handelt.

Leise schloss er die Tür hinter sich und blickte auf meinen Teller, dann mich an: „Was ist denn das?“ fragte er. „Das ist Erbsensuppe“, sagte ich. „Die gibt es doch nicht“, sagte er freundlich, „die gibt es doch nur in dem Märchen von dem König, der sich im Wald verirrt hat.“ Ich hab's gern, wenn Kinder mich duzen; die Sie zu einem sagen, sind meistens affiger als die Erwachsenen. „Nun“, sagte ich, „eins ist sicher: Das ist Erbsensuppe.“ – „Darf ich mal kosten?“ – „Sicher, bitte“, sagte ich, „Setz dich hin.“ Nun, er aß drei Teller Erbsensuppe, ich saß neben ihm auf meinem Bett, trank Bier und rauchte und konnte richtig sehen, wie sein kleiner Bauch rund wurde, und während ich auf dem Bett saß, dachte ich über vieles nach, was mir inzwischen wieder entfallen ist; zehn Minuten, fünfzehn, eine lange Zeit, da kann einem schon viel einfallen, auch über Märchen, über Erwachsene, über Eltern und so. Schließlich konnte der Bengel nicht mehr, ich löste ihn ab, aß den Rest der Suppe, noch eineinhalb Teller, während er auf dem Bett neben mir saß. Vielleicht hätte ich nicht in die leere Terrine blicken sollen, denn er sagte: „Mein Gott, jetzt habe ich dir alles aufgegessen.“ – „Macht nichts“, sagte ich, „ich bin noch satt geworden. Bist du zu mir gekommen, um Erbsensuppe zu essen?“ – „Nein, ich suchte nur jemand, der mir helfen kann, eine Kuhle zu finden; ich dachte, du wüsstest eine.“ Kuhle, Kuhle, dann fiel mir's ein, zum Murmelspielen braucht man eine, und ich sagte: „Ja, weißt du, das wird schwer sein, hier im Haus irgendwo eine Kuhle zu finden.“ – „Können wir nicht eine machen“, sagte er, „einfach eine in den Boden des Zimmers hauen?“

Ich weiß nicht, wie es hat geschehen können, aber ich hab's getan, und als der Chef mich fragte: Wie konnten Sie das tun?, wusste ich keine Antwort. Vielleicht hätte ich sagen sollen: Haben wir uns nicht verpflichtet, unseren Gästen jeden Wunsch zu erfüllen, ihnen ein harmonisches Weihnachtsfest zu garantieren? Aber ich hab's nicht gesagt, ich hab' geschwiegen. Schließlich konnte ich nicht ahnen, dass seine Mutter über das Loch im Parkettboden stolpern und sich den Fuß brechen würde, nachts, als sie betrunken aus der Bar zurückkam. Wie konnte ich das wissen? Und dass die Versicherung eine Erklärung verlangen würde, und so weiter, und so weiter. Haftpflicht, Arbeitsgericht, und immer wieder: unglaublich, unglaublich. Sollte ich ihnen erklären, dass ich drei Stunden, drei geschlagene Stunden lang mit dem Jungen Kuhle gespielt habe, dass er immer gewann, dass er sogar von meinem Bier getrunken hat – bis er schließlich todmüde ins Bett fiel? Ich hab' nichts gesagt, aber als sie mich fragten, ob ich es gewesen bin, der das Loch in den Parkettboden geschlagen hat, da konnte ich nicht leugnen; nur von der Erbsensuppe haben sie nichts erfahren, das bleibt unser Geheimnis. Fünfunddreißig Jahre im Beruf, immer tadellos geführt. Ich weiß nicht, wie es hat geschehen können; ich hätte wissen müssen, was ich tat, und hab's doch getan: Ich bin mit dem Aufzug zum Hausmeister hinuntergefahren, hab' Hammer und Meißel geholt, bin mit dem Aufzug wieder raufgefahren, hab' ein Loch in den Parkettboden gestemmt. Schließlich konnte ich nicht ahnen, dass seine Mutter darüber stolpern würde, als sie nachts um vier betrunken aus der Bar zurückkam. Offen gestanden, ganz so schlimm finde ich es nicht, auch nicht, dass sie mich rausgeschmissen haben. Gute Kellner werden überall gesucht.

Gedenkt man, wie viel Menschen man gesehen, gekannt, und gesteht sich, wie wenig wir ihnen, wie wenig sie uns gewesen, wie wird uns da zumute! Wir begegnen dem Geistreichen, ohne uns mit ihm zu unterhalten, dem Gelehrten, ohne von ihm zu lernen, dem Gereisten, ohne uns zu unterrichten, dem Liebevollen, ohne ihm etwas Angenehmes zu erzeigen. Und leider ereignet sich dies nicht bloß dem Vorübergehenden. Gesellschaften und Familien betragen sich so gegen ihre liebsten Glieder, Städte gegen ihre würdigsten Bürger; Nationen gegen ihre vorzüglichsten Menschen.

Johann Wolfgang von Goethe

Gabriele Wohmann

Schreib mal was mit glänzenden Kinderaugen

Das Abendessen hatte mein Vater gekocht und eine Käsesauce ausprobiert. Meine Mutter unterbrach uns bei Tisch immer wieder, um ihm zu huldigen und von der Sauce zu schwärmen. Er ist ihr in der Küche überlegen, und sie sagte: Die Kochplatten gleichzeitig überwachen – ich hätte nie die Nerven dazu, was wir alle längst wissen, weil sie es oft sagt. Zwei Platten warens heute Abend nur, Schatz. Mein Vater verbesserte sie sanft, aber sie wollte nicht runter von ihrem Trip und rief: Dann ist eben die Salatschüssel Nummer drei, und mein Vater grinste ganz zufrieden, aber ich fand, auch ein bisschen vorsichtig. Wenn meine Mutter in dieser Theaterstimmung ist, kann es leicht einen Umschwung geben. Trotzdem fühlte ich mich gut, und das ist kurz vor Weihnachten erstaunlich, weil da meine Mutter ziemlich schwierig werden kann. In diesem Jahr würde es wegen Hannchen vielleicht Probleme geben. Ich hatte mal Gesprächsfetzen zwischen meinen Eltern mitgekriegt, als sie nicht wussten, dass ich nebenan vom Wohnzimmer zwischen den Bücherregalen im „Oxford Advanced Learner's“ noch mal „murder“ und „murderer“ überprüfte, und sie, da bin ich sicher, übers Hannchen redeten, und meine Mutter sagte: Gut, man ist ein Problem los, aber das ist schon wieder ein neues Problem. Wie es gemein von mir ist. Ihr schlechtes Gewissen kriegt sie jedes Mal, wenn sie sich von einer Last befreit fühlt. Mein Vater versucht, es ihr auszureden. Er sagt: Sie vermissen, das tust du ja auch. Vielleicht geht's meiner Mutter mit Gewissensbiss besser als ohne, deshalb widerspricht sie: Ja, schon, aber nicht genug. Meine Eltern haben alle beide Recht.

Während mein Vater die restliche Salatportion verteilte, erwähnte er die Essenseinladung zu den Streckers und dass meine Mutter sich bald entscheiden müsste, und das hätte er besser gelassen. Ich hoffte, sie würden gehen. Es wäre nicht schlecht, am zweiten Weihnachtstag freizuhaben, sie sollten um eins dort sein, und es würde sich bis gegen Abend hinziehen. Wie erwartet, kam der Knacks ins Hoch meiner Mutter. Sie zwirbelte ihre Gabel mit aufgespießtem Grießbällchen in der klebrigen Käsesauce herum, bis es dick umwickelt war, und gleichzeitig schüttelte sie sich, dann sagte sie: Meine Entscheidung lautet: Nein. Und sie hätte vom letzten Mal genug. Gänsebraten und als wärs Kaufhaus-Muzak rieselte das Weihnachtsoratorium aus ihrem CD-Player, dabei sind sie Atheisten und sollten Weihnachten ausfallen lassen und auf dem Balkon strahlt ihr Glühbirnenbaum: nein! Und wenn sie dann den Streckers das Recht aufs Weihnachtsfeiern abspricht, wozu mein Vater „Das ist nicht sehr christlich" sagt und sie schließlich findet: Na schön, Gott ists egal – dann sind sie im alten Fahrwasser, wir Geschwister kennen das alles, und wäre es nicht in diesem Jahr etwas heikel, würde ich kaum zugehört und gedacht haben: Sie werden doch wieder hingehen, sie tuns seit langem immer.

Das war das Jahr, in dem unsere mittlere Schwester gestorben war, das Hannchen, das nicht wie Nick, Dora und ich in die Schule ging und dick war und immer rosa Kleider haben wollte; man musste sie extra für sie nähen lassen, und sie sah darin wie eine gemästete Stockrose aus.

Wenn Dora und ich zu neugierigen Freundinnen, ums kurz und fürs Hannchen nicht schädlich zu machen, aufs Ausfragen „Es stimmt was nicht mit ihr" antworteten und „Sie ist empfindlich", wurde trotzdem gekichert, und außerdem redete Nick, unser älterer Bruder uns rein: Alles Quatsch, sie ist mongoloid, und sie wird nicht alt. Das Hannchen ist aber auch von uns Geschwistern nicht geschont worden, als wir kleiner waren, haben wir sie von unseren Spielen weggescheucht. Sie hat geheult, sie hat dann immer von der Englischen Krankheit gefaselt, und dass sie als Baby, als einer von uns nicht aufpasste, vom Tisch gefallen wäre. Später haben wir in verschiedenen Lexika nach der Englischen Krankheit geforscht, ich glaube, es war meine Mutter, die sie sich für unseren armen Störenfried zur Ehrenrettung ausgedacht hat. Ja, das mit dem Störenfried gebe ich zu. Schon in unserer Kindheit wars hauptsächlich wegen ihrer Neugier, „Was macht ihr denn da, was macht ihr denn jetzt?" Damit ist sie uns immer hinterhergetrollt. Kinder sind wir eigentlich keine mehr, bloß das Hannchen blieb kindisch, und jetzt lag sie uns mit „Wohin geht ihr?" und „Wo wart ihr?" in den Ohren. Einmal hat Nick sie hinter die Tür gesperrt, die in kein Zimmer führt und wo es fürs dicke Hannchen zu eng ist vor den Apparaturen und Zählern für Strom, und Dora und ich haben ihn nicht daran gehindert, im Gegenteil, wir waren seine Komplizen. Das Hannchen hat unser Familienleben nicht leichter gemacht, und ich fürchte, sie hatte es nicht richtig gut bei uns, denn meine Eltern fassten sie auch nicht gerade mit Samthandschuhen an, jedenfalls nicht immer, und dann bereuten sie es, und meine Mutter sagte, sie wäre auch kein Engel, mein Vater spendierte irgendwas aus dem Süßigkeitenvorrat unten in seinem riesigen Barockschrank, der sonst überall vollgestopft mit Büchern ist, auch das Oberteil mit zwei großen Glastüren, und in dem meine Mutter lieber schöne Gegenstände unterbringen würde. Das Hannchen hat am schnellsten und am meisten von uns allen weinen können. Es hat wunderschöne traurige grünliche Augen gehabt, um die Augen herum sehen die Mongoloidchen niemals so aus wie das Hannchen, weiß ich von Nick. Aber sonst war nichts schön am Hannchen.

Was Nick betrifft: Es war auch das Jahr, in dem er sich veränderte, und auch das veränderte unser Familienleben, vielleicht noch mehr als der Tod vom Hannchen, an den man längst nicht mehr jeden Tag dachte, es war schließlich im Februar passiert und jetzt schon Dezember. Zu Haus ließ Nick sich kaum noch blicken und hatte immer Henning im Schlepptau, sie machten sehr laut Musik. Bassgitarre und die andere eine normale Gitarre, und dazu sperrten sie sich in Nicks Zimmer ein, und sie rauchten Joints. Irgendwie kapselte er sich ab. Einmal hielt er uns beim Mittagessen sonntags (aber er setzte sich nicht dazu) einen langen Vortrag, von dem ich nichts verstanden habe, bis auf den Schluss: Er wäre der einzige von uns allen, der wirklich und wahrhaftig um das Hannchen trauern würde, mir hat sich eingeprägt: Ich gedenke ihrer. Und das würde er vor dem Einschlafen machen, er würde sich am Einschlafen hindern, um es zu machen, und den Wecker auf sechs stellen, zum Kasteien und Gedenken, außer den Kontemplationssitzungen mit Henning. (Als sie mal vergessen hatten abzuschließen und ich reinkam, weil ich mir von Nick den Locher ausleihen wollte, habe ich sie dabei gesehen, es war eisig kalt im Zimmer, Fenster weit offen, die beiden saßen im Schneidersitz und mit verschränkten Armen auf dem Boden und hatten nur ein Tuch untenherum, ich war furchtbar erschrocken, und es hat mich auch geekelt und bin sofort raus ... später verkündete Nick, zum Nach-innen-Gehen würden sie lernen, dem Frieren zu trotzen.) Mit Dora kann ich mich seit dem Sommer auch nicht mehr so richtig verbünden, weil sie fest zu einer Clique gehört, lauter Mädchen zwei Klassen über mir, und massenhaft Termine hat.

Aber bei diesem Sonntagmittagessen mit Nicks Aufspielerei waren wir einer Meinung und sagten „Angeber" und „Du spinnst ja", und mein Vater versuchte Frieden reinzubringen und sagte, jeder von uns würde auf seine Weise ans Hannchen denken. Aber ich habe doch immer wieder darüber nachgedacht. Vorhin fiel mir was Wichtiges wieder ein. Das war, als ich die Türklinke zum Bücherzimmer runterdrückte, um festzustellen, ob schon abgeschlossen war, es ist immer das Weihnachtszimmer und die Eltern haken dann so ungefähr eine Woche vor dem 24. einen Plastikanhänger in die Klinke, den sie aus einem schwedischen Hotel mitgebracht haben und auf dem über einem im Schlaf grinsenden Bubengesicht mit Teddy neben sich auf dem Kopfkissen „Stör ej" steht, was dem deutschen „Bitte nicht stören" entspricht; als wir noch sehr klein waren, machten die Eltern „psst! Das Christkind will nicht gestört werden!", und damals hing die erste Christbaumkugel des Jahres an der Klinke und der erste Blick, wenn man in die Diele kam, fiel auf diese Kugel, und alles war sofort sehr geheimnisvoll. Also, es hatte mich beunruhigt, dass immer noch nicht „Stör ej" dort aufgehängt war. Deshalb drückte ich die Klinke runter, und es war abgeschlossen, ich atmete richtig auf. Jetzt kommt das Wichtige. Und warum ich mir überhaupt Sorgen machte, weil das „Stör ej"-Schild noch nicht angebracht war und ob das vielleicht bedeutete, dass die Eltern gar nicht bedachten, wie bald Weihnachten war (meine Mutter rief uns auch nicht mehr ums Klavier herum, wo sie dann immer schon saß und, die Hände auf den Tasten, den Blick in den Noten, drauf wartete, dass wir uns um sie versammelten. Dora und ich mit einem gemeinsamen Notenständer für die Blockflötenstimmen, Nick mit eigenem Notenständer und seiner Geige, das Hannchen konnte bloß singen, aber falsch singen – die Sitte hat allerdings schon länger als das Hannchen tot ist aufgehört, wir wurden einfach zu erwachsen). Diese Sorgen machte ich mir, das ist das Wichtige, weil ich wusste, es würde Schwierigkeiten geben mit Nick, wenn er an seinen überladenen Geschenktisch gewöhnt ist und trotz seiner ganzen Frierübungen und Hannchen-Zeremonien wie jedes Jahr einen Riesenwunschzettel abgeliefert hat, worüber ich übrigens froh gewesen bin. Denn demnach war er überhaupt nicht so meilenweit vom früheren Familienleben entfernt und total verändert, wie er tat. Eigentlich kommt das Wichtige jetzt erst: Ich entdeckte, dass ich so was Ähnliches wie edel war und teilweise selbstlos (zum andern Teil gings mir um die schöne Weihnachtsstimmung, und dass ich es grässlich finde, wenn so etwas verdorben ist, macht mich wirklich krank). (Übrigens habe ich selbst Geschenke auch sehr gern, trotzdem wollte ich diesmal nicht ins verbotene Zimmer, um einen Blick auf meinen Stammplatz zu werfen.)

Gut, die Tür war zugesperrt. Ich weiß, dass man jederzeit durch die Schiebetür zum Esszimmer reinkam, und ich habs gemacht. Nicht zum ersten Mal, nur zum ersten Mal wegen der Familienprobleme. Auf der runtergeklappten Schreibplatte in der Mitte des Barockschranks stand schon eine Menge noch verpackter Sachen, ich wagte mich nicht näher dran. Im Zimmer herrschte eine sonderbare Stimmung, es war niemand drin, und doch schien jemand drin zu sein. Längst bedanken wir uns bei den Eltern für unsere Geschenke. Dass das Christkind sie bringt, glaubt natürlich keiner mehr. Trotzdem ists anders als an Geburtstagen.

Mittlerweile sind es nur noch vier Tage bis Weihnachten und jetzt hängt das „Stör ej"-Schild an der Klinke, und wenn auch Nick, als er es sah, einen verächtlichen Laut ausgestoßen hatte und noch so was wie dass von nun an bei ihm mit Weihnachtsgeschichten Schluss wäre (er ist, glaub ich, zur Zeit Buddhist, sagte Dora), ich fand, auf meine Eltern war doch Verlass und über Nick als Buddha wären sie nicht weiter enttäuscht, er war im Jahr davor auch schon merkwürdig gewesen, sie hatten es aber mehr komisch gefunden. Heute Nachmittag bin ich bei meiner besten Freundin gewesen, Sylvie Pfeffer. Puh, stöhnte ihre Mutter, die aber immer und auch von Sylvie nur Claudine genannt wird, weil Sylvie ihr gerade erzählt hatte, dass wir den Eltern kleine Weihnachtsgeschichten schreiben. Dieser Sitte bin aber nur ich noch nicht untreu geworden. Meine Eltern finden mich begabt fürs Schreiben, sagte ich zu Claudine, und sie fragte, ob das sehr fromme Geschichten wären und machte wieder einen Puh-Seufzer. Wir waren in ihrer schicken Küche, und sie setzte ihre beiden hochgefüllten Einkaufstüten ab. Ich will es gar nicht, aber ich finde Claudine wunderschön, und ihre Art genau so wunderschön wie die weiße Küche, und das ärgert mich, weil ich an zu Hause denken muss, wo es altmodischer ist und nicht perfekt, aber ich liebe es.

Sylvie kennt meine Geschichte vom letzten Jahr und sagte, es wären ziemlich traurige Geschichten und Claudine sagte: Kein Wunder. Fromme Weihnachten machen nicht lustig, Schätzchen, oder? Mir gefällts, sagte ich, aber das genügte mir nicht als Strafe, während ich neidisch Claudine zusah, die ihre Tüten auspackte, denn auch ihre Einkäufe fand ich Top-Spitze und elegant, nichts glich den langweiligen Sachen bei uns, Gemüse, Brot, Mehl, nichts Ausgefallenes, doch da bekam ich zwei Glücksideen und sagte: Neulich hat mein Vater eine tolle Käsesauce gemacht. Und meine Mutter hat über Atheisten geschimpft und dass die gar nicht das Recht aufs Weihnachtenfeiern hätten. (Ich vermute, die Pfeffers glauben überhaupt an nichts.) Und moderne Literatur ist so. Die ist nicht lustig. Oder wenn doch, ist sie schlecht.

Wieder was dazu gelernt, Schlaukopf. Claudine lachte, und ich las vom Etikett auf einem Glas mit gelbem Creme-Inhalt „Silds in Curry“ ab und hatte keine Lust, ihre interessanten Sachen zu bewundern, ich würde ablehnen, wenn sie mich zum zweiten Weihnachtsfeiertag einlädt wie immer, obwohl ich gern ginge und meine Eltern nicht traurig wären, weil sie, wie bockig auch meine Mutter sich kürzlich gewehrt hatte, doch mit der Tradition bei den atheistischen Streckers festhielten. Und dass ich meine Geschichte immer noch nicht geschrieben hatte, der erste Versuch handelte vom Hannchen, fiel mir ein und dazu eine Bemerkung meiner Mutter: Schreib dem Vater zuliebe mal keine traurige Geschichte, unser Weihnachten ist doch schön. Mach was mit glänzenden Kinderaugen und all dem. Egal, was du davon hältst. Machs für ihn.

Aber dein Vater wirkt schrecklich deprimiert. Pfarrer dürften doch nicht deprimiert sein, beim Predigen schon gar nicht. Claudine sagte noch: Einmal und nie wieder. Und all die frommen Schwestern, viele sinds ja nicht mehr, und sie tragen noch Häubchen, und eure Frau Oberin trampelt mit ihren Bergsteigerschuhen über die Bodentasten von dieser kleinen Orgel als wäre sie auf einem Wanderpfad. Ist das was für junge Menschen? rief sie Thilo Pfeffer zu, ihrem Mann, dem sofort alles nicht gefiel, was sich in der Klasse-Küche abspielte, die Kränkungen meiner Welt und diese Welt vielleicht auch und vor allem, dass er nichts damit anfangen konnte. Ich habe ihn ganz gern. Sylvie behauptete, ich würde noch an den Weihnachtsmann glauben. Manchmal versagen auch beste Freundinnen, wirklich. Ich sagte bloß so was wie „Du spinnst“, ziemlich einfallslos, aber verbessern und statt Weihnachtsmann „Wenn schon, dann Christkind“ zu sagen, wollte ich auch nicht.

Weihnachtsmann ist eine blöde Erfindung, den Weihnachtsmann verabscheue ich, das Christkind liebe ich, obwohl ich, wie gesagt, nicht dran glaube, wenigstens nicht ans Christkind als Geschenkboten. Aber manchmal ist man einfach stur. Ich schnitt nur eine Fratze für Sylvie und fühlte mich hinter der Stirn ganz leer vor Untreue. Na, vielleicht wird's dieses Jahr amüsanter, sagte Claudine, die in ihren riesigen Kühlschrank Joghurt und irgendwelche Packungen räumte. Ohne deine kranke Schwester wirds das sicher.

Eigentlich erwartete ich, Thilo würde auch mal etwas sagen, ich drehte mich nach ihm um, aber er war überhaupt nicht mehr in der Küche. Und das Hannchen verteidigte ich erbärmlich: Sie war nicht krank. Sie hatte Weihnachten sehr gern. Das war halb gelogen, halb wahr. Sie war nicht richtig krank und hat an Weihnachten immer weinen müssen, mitten im Liedersingen mit Abstand zur Krippe unter dem Christbaum und vor unseren Geschenkaufbauten, aber andererseits aß sie enorm viel Süßes und ihr Gebäckteller war schon vor dem ersten Feiertag leer. Ich bin dann nicht länger geblieben, obwohl Sylvie und ich noch das Puzzle fertig kriegen und nachher zu den Meyers-Zwillingen wollten. Ich war einfach nicht mehr in Stimmung, und Claudine kam nicht dazu, mich einzuladen, vielleicht besser so, weil ich irgendwie doch gern dort bin, aber ich musste mich dafür strafen, und wahrscheinlich erfolgte die Einladung sowieso noch.

Auf dem Heimweg wusste ich plötzlich, wie ich drum herum käme, die angefangene Geschichte übers Hannchen nicht wegzuschmeißen, ich wusste noch keinen Namen statt Hannchen, aber wie ich doch weitermachen könnte und die bis jetzt ziemlich traurige Sache ginge gut aus, nicht lustig oder so was Oberflächliches, viel besser gut. Nebenbei: Ernstes schreibe ich lieber und ich finde es schöner, meine Lieblingsbücher sind auch in der Art. Es war zu kalt fürs Fahrrad, mir tat ein eisiger Ostwind auf der Haut weh. (Ich habe nicht wie Nick und Henning Dem-Frieren-Trotzen gelernt.) Trotzdem stieg ich nicht ab, um meine Idee nicht zu vergessen. Später beim Draufloskritzeln (ich mache längst Entwürfe, als Kind habe ich das Erste, Beste einfach so abgeliefert) hats mich befeuert, dass ich dachte, es wird auf Nick Eindruck machen und auf meine Mutter, die bestimmt vergessen hätte, dass ich ein bisschen was von ihrer Idee klaute. Damals gings um eine von ihren sonderbaren Offenbarungen, etwa so: Das Beste am Leben, und wenns auch manchmal noch so miserabel aussieht, das sag ich mir dann vor: Du bist trotzdem froh zu leben, das Beste ist, dass man nur sterben kann, wenn man vorher gelebt hat. Käme man denn sonst in den Himmel? Niemals. Für Ungeborene gibt's auch keine Ewigkeit. Sie hat das von sich gegeben, als sie mich mal in Hannchens Zimmer vor dem Sofa mit ihr drauf erwischt hatte, ich hockte vorm Hannchen und war mit dem Trösten schon fertig (vorher war ich wieder mal gemein zu ihr gewesen, ich weiß nicht mehr genau … weggescheucht von irgendwas hab ich sie wohl) und redete furchtbar viel mit ihr als wäre sie gleichaltrig, im Kopf gleichaltrig, meine ich. Und das Hannchen hat sich ernst genommen gefühlt und auch geredet, es war nicht alles dummes Zeug, was sie so rausbrachte. Meine Mutter sah mich verwundert an und ging raus. Später enthüllte ich ihr mein Geheimnis, ein Geheimnis wars auch für mich: Ich kriege manchmal komische kleine Anfälle, es kommt mir so vor, als würde es ganz hell oben unter meinen Haarwurzeln und macht „Klick!", und dann hab ich eine unheimliche Lust und Gier drauf, das Hannchen zu lieben. Ah, machte meine Mutter, das kenn ich, aber leider geht das bei mir nicht von selbst. Du hast Glück mit deinen Endorphinen. Ich hatte das Wort natürlich nicht verstanden, überhaupt nichts hatte ich verstanden und „Mit was für Dingern?" gefragt, und sie hat mir erklärt, wenn ich so wäre wie vorhin beim Hannchen, hätte ich einen Rausch und diese Endorphine (ich hab mirs aufgeschrieben) machten das in meinem Gehirn ganz von allein, sie müsste leider, wenn sie high werden will, irgendwas einnehmen, und ich wusste, warum sie seufzte, denn neulich hat sie verkündet: Ich fang wieder mit dem Trinken an. Und Nick hat „Genial!" gerufen und gemeckert, sollte Lachen sein, und das Gesicht meines Vaters ist ganz eng geworden, und er ist stumm aus dem Zimmer gegangen.

Als ich jetzt die Geschichte zu Ende schrieb, wusste ich auch einen Namen fürs Hannchen, ich nannte sie einfach nur „Das dicke Kind". Nach dem Abendessen ohne Nick und Dora, die beide was Anderes vorhatten, las ich meinen Schluss durch: „Die Nachbarn tuschelten über das dicke Kind. Eines Tages betrat das dicke Kind mit dem Einkaufszettel seiner Mutter die Drogerie und hörte, weil man es noch nicht entdeckt hatte, wie eine Frau zur Kassiererin sagte: So was wie das dicke Kind wäre besser nie geboren worden. Die armen Eltern, sagte die Kassiererin. Da mischte sich das dicke Kind ein. Es konnte so gut sprechen wie nie zuvor! Sie irren sich. Weil ich lebe, kann ich sterben. Die zwei Frauen grinsten, weil sie nichts begriffen und das dicke Kind jetzt erst recht dumm fanden. Sterben war das Schlimmste für sie. Das dicke Kind fuhr fort: „Und nur weil ich lebe und dann sterbe, komme ich in den Himmel und lerne Gott kennen und werde ewig leben und im Himmel bin ich schön und klug und es geht mir immer gut und alle sind freundlich zu mir." Wenn auch Weihnachten in der Geschichte nicht vorkam, zufrieden war ich mehr denn je. Was noch fehlte, waren die glänzenden Kinderaugen, ich brauchte einen letzten Satz und bin ein bisschen durchs Haus gelaufen, das hat mich schon oft auf Einfälle gebracht, und wirklich, ich bekam einen in dem Moment, als ich im Bad neben der Seifenablage am Waschbecken dic Ringe meiner Mutter liegen sah. Mein Schluss geht so: „Die

Frauen wollten eigentlich nach alter Gewohnheit das dicke Kind auslachen und sie schüttelten die Köpfe, aber da mussten sie sich schnell abwenden: Das dicke Kind hatte auf einmal ganz große grüne Augen, und die glänzten wie nasser Smaragd und blendeten sie."

Es ist aber wieder nichts mit glänzenden Kinderaugen, sagte ich trotzdem zu meinem Vater, als Nick, Dora und ich mit dem Geschenkebetrachten und Bedanken fertig waren und die Eltern drankamen, und ich überreichte ihm meine Geschichte. Doch, sagte er, er lächelte und strich mir übers Haar, was ich gern habe, nur macht es meine neue Welle oben rechts kaputt. Du hasts noch nicht gelesen, sagte ich. Ich weiß es trotzdem, sagte mein Vater. Heimlich gelesen hatte er „Das dicke Kind" garantiert nicht, so was macht er einfach nicht. Ich sagte, dass zwar Augen glänzen würden, er wäre aber trotzdem vielleicht enttäuscht. Ich werds nicht sein, sagte er, sie glänzen wunderschön. Was denn? Wieso denn, welche? Deine, Liebling, deine tuns, glänzen, sagte er.

HILDE PHILIPPI

WEIHNACHTSGESCHENKE

Die Mutter zum Kind: Was wünschst Du Dir?
Tamagochi, drei oder vier?
Barbie und Teddy, Computerspiel?
Sag' was Du willst, wär's auch noch so viel!
Leis' sagt das Kind: Du weißt was mich freut!
Schenk' mir ein bisschen von Deiner Zeit.

Der Gatte zur Gattin: Was wünschst Du Dir?
Kauf' Dir was Schönes beim Juwelier.
Oder ein Kleid, einen Pelz, einen Schal!
Sag' was Du willst, Geld ist schließlich egal!
Leis' sagt die Frau: Alles dies freut mich kaum!
Lass mir doch endlich ein klein wenig Raum!

Der Junge zum Alten: Was wünschst Du Dir?
Irgendwas Praktisches steht noch dafür!
Wäsche und Strümpfe, ein Hemd aus Flanell,
sag' was Du willst, aber sag' es mir schnell!
Leis' sagt der Alte: Das Zeug brauch' ich nie.
Schenk' mir von Dir etwas Energie!

Weihnachtsgeschenke

Ich frage Dich: Was wünschst Du Dir?
Schöne Geschenke in Goldpapier?
Oder Verständnis, Geduld, Toleranz,
Zuwendung, Ehrlichkeit, Akzeptanz,
öfter ein freundliches Wort von mir?
Sag' was Du willst, ich schenke es Dir!

Siegfried Lenz

Eine Art Bescherung

Damals lebten wir in einer Baracke mit Tarnanstrich, sieben Familien in sieben Räumen, und von den alten Jegelkas trennte uns nur eine Wand aus zerknittertem Packpapier. Wie eine Ansammlung von reglosen Schiffen lagen die Baracken in der verschneiten Ebene, leichte, hölzerne, transportable Bauwerke, kühn konzipiert von den Architekten des 20. Jahrhunderts, Gemeinschaftswasserleitung, Gemeinschaftstoilette, dazu von außen ein Tarnanstrich: weiße gezackte Zungen, dunkelgrüne hochschlagende Flammen, rostrote, ungleichschenkelige Dreiecke –: gegen Sicht waren wir sehr gut geschützt. Nachdem die Feuerwerker verschwunden waren, die hier während der letzten Kriegsjahre getarnt an einer Mehrzweck-Mine gefeilt hatten, machten sie die Baracken zu einem Auffanglager, zweigten ein Rinnsal von dem großen Treck ab und ließen die Baracken einfach voll laufen, bis jeder Winkel ausgenutzt war. Auch Mama wurde hier aufgefangen wie all die andern, die das Trapez der Geschichte verfehlt hatten; wir erhielten einen der sieben Räume und dekorierten ihn mit den Sachen, die Mama während der ganzen Flucht mitgeschleppt hatte: mit dem Elchgeweih, dem riesigen Küchenwecker und dem Vogelbauer, in dem sie jetzt Papiere aufbewahrte.

Wir hatten soviel zu tun, um satt zu werden, warm zu werden, dass wir uns um kein Datum kümmerten, und wir hätten auch nichts von Weihnachten gemerkt, wenn nicht Fred zurückgekommen wäre aus dem Donezbecken. Nur weil sie ihn zu Weihnachten aus der Gefangenschaft entlassen hatten, wussten wir, dass es nun bevorstand; doch obwohl wir es nun wussten, erwähnten wir es nie, forschten nicht heimlich nach Wünschen, handelten nicht lieb hinterm Rücken. Fred machte sich ein Lager aus Zeitungspapier, deckte sich mit seiner erdgrauen Wattejacke zu und schlief Weihnachten entgegen, vier Tage und vier Nächte, während Mama und ich frierend herumgingen und verhalten mit den alten Jegelkas zankten, um für Fred Ruhe zu schaffen. Als uns der Heilige Abend ereilt hatte, war immer noch kein Wort über Weihnachten gefallen, doch jetzt stand Fred auf, hauchte die Eisblumen vom Fenster, blickte lange über die traurige Landschaft Schleswig-Holsteins und zu dem rötlichen Himmel über der Stadt; dann ging er hinaus, rasierte sich über dem Gemeinschaftsausguss, und als er zurückkam, sagte er: „Ich fahr mal in die Stadt rüber."

Gegen Mittag spürte ich, dass Mama mich am liebsten rausgeschickt hätte, doch sie sagte nichts, und da nahm ich mir einen der kratzigen Zuckersäcke, verschwand heimlich, stapfte durch den Schnee zum Bahndamm, stieg den Bahndamm hinauf, dort, wo die Steigung beginnt und die Züge langsamer fahren. Hinter einem Baum, einem harzverkrusteten Fichtenstamm, wartete ich. Es begann heftig zu schneien, und die Schienen blinkten matt in der Dämmerung. Ich trampelte, um die Füße warm zu bekommen, denn es war wichtig für den Sprung auf den fahrenden Zug; der Fuß musste den Sprung kalkulieren, verantworten: mit einem gefühllosen Fuß war man verraten wie der kleine Kakulka, der sich enorm verschätzte und es bezahlen musste.

Den D-Zug, der wie ein Büffel durch das Schneetreiben donnerte, ließ ich in Ruhe, aber der Güterzug dann: von weitem schon hörte ich ihn rattern, schlingern, und ich kam hinter dem Baum hervor, machte mich fertig zum Sprung. Ich fühlte mich nicht sehr sicher, denn ich hatte kein verlässliches Gefühl im Sprungbein, doch ich war entschlossen, den Güterzug anzugreifen. Und da kam er heran: eine schwarze, drohende Stirn, die durch das Schneegestöber stieß, die Lokomotive, der Tender, auf dem die Kohlen lagen, die uns Wärme bringen sollten an den Weihnachtstagen. Ich streckte die Hände aus, suchte nach dem Gestänge; in diesem Augenblick hörte ich den Ruf des Heizers, sah sein Gesicht, oder vielmehr das Weiße seiner Augen, das Weiße seiner Zähne, und ich entdeckte den gewaltigen Kohlenbrocken, den er über dem Kopf hielt und jetzt zu mir hinabschleuderte. Der Heizer wusste, dass wir manchmal an der Steigung des Bahndamms warteten, wenn die Kohlenzüge kamen: diesmal hatte er auf uns gewartet.

Ich schob den gewaltigen Brocken in den Zuckersack, rutschte den Bahndamm hinab, stapfte durch den Schnee zu den getarnten Baracken und blieb zwischen den Erlen stehen, als ein Schatten den Lehmweg herunterkam. Es war

Fred. „Schnell“, sagte er, „ich kann nicht solange draußen bleiben.“

Er zeigte auf eine Zigarrenkiste; der Deckel hatte eine Anzahl von Luftlöchern, und im Kasten kratzte und scharrte und flatterte es. Gemeinsam betraten wir die Baracke, schoben uns zu unserm Apartment. „Woher kommst du“, fragte ich Fred. „Vom Schwarzen Markt“, sagte er, „das ist eine sehr gute Einrichtung.“

In unserm Raum hatte sich etwas verändert. Es war da eine ganz gewisse Verwandlung erfolgt. Auf einer Bierflasche steckte eine Kerze, und das Elchgeweih, das Mama als wesentliches Fluchtgepäck mitgeschleppt hatte, war mit Tannengrün behängt. Auch an den Wänden hing Tannengrün, nur der Küchenwecker war nackt und ungeschmückt – vielleicht, weil man kein Tannengrün an ihm befestigen konnte. Aber es hatte sich noch mehr verändert, und ich brauchte eine Weile, bis ich merkte, dass der Vogelbauer fehlte. „Wo ist denn der Käfig“, fragte Fred. „Hier“, sagte Mama, und ließ uns in einen Topf blicken, in dem ein weißliches Stück Speck lag; „Ich habe den Käfig eingetauscht gegen den Braten. Das ist mein Geschenk.“ „Und das ist mein Geschenk“, sagte Fred und gab der Mama die Zigarrenkiste, in der es kratzte und scharrte und flatterte. Vorsichtig öffnete Mama die Kiste, doch nicht vorsichtig genug; denn als sie den Deckel lüftete, schoss ein Dompfaff heraus, kurvte durch dien Raum und ließ sich erschöpft auf dem Küchenwecker nieder.

Jetzt wandten sich beide mir zu, blickten auf den Sack, forschend, räuberisch, und da erlöste ich sie aus der Ungewissheit und ließ mein dreißigpfündiges Geschenk herausplumpsen.

Später zerschlug ich den Kohlebrocken mit dem Hammer. Wir heizten ein, dass der Kanonenofen glühte und das Packpapier, das uns von den alten Jegelkas trennte, zu knistern begann vor Hitze; und dann brachte Mama den geschmorten, glasigen Speck auf den Tisch: schweigend aßen wir, mit fettigen Mündern: nur unser Seufzen war zu hören, mit dem wir die Wärme in uns aufnahmen, ein tiefes, neiderregendes Seufzen über die unermessliche Wohltat, die uns geschah, und Fred zog seine erdbraune Wattejacke aus, ich den Marinepullover, so dass wir schließlich nur im Hemd dasitzen konnten – winters in einer Baracke im Hemd! – und auch jetzt noch die Wärme spürten, die unsere Gesichter rötete, das Blut in den Fingern klopfen ließ. Und dies vor allem spürte ich, wenn ich an das Weihnachten von damals denke: die erbeutete Wärme, und ich höre Mama sagen: „Dass sich keiner, ihr Lorbasse, unterstehen mecht', das Fensterche aufzumachen oder de Tier: den schmeiß ich eijenhändig raus, dass er Weihnachten haben kann mit de Fixe, pschakref."

RUTH HOFFMANN

DER DRITTE KÖNIG

Sie hatte es verschworen zu backen, und sie hatte sich bittern und trostlosen Herzens den Schwur gehalten. So verschlief sie eine tote und unheilige Weihnacht, sie war um sieben Uhr schon ins Bett gekrochen; nicht wie eine, die es schläfert, sondern wie ein wundes Tier, welches das Dickicht sucht, um aufs Verenden zu warten.

Silvester das gleiche trübselige Spiel: festlos der Tisch, lichtlos der Leuchter, ohne eine Krume von Naschwerk der Kuchenteller. Kein süßer Geruch vom zuckergebrühten Mohn, kein Hauch vom Wachs, von dorrender Tanne, die über dem Licht wohlig brenzelt und die ganze Stube weihnachtlich durchweht. Verschlafener Heiliger Abend, verschlafenes Silvester. Kein Beten, keine Einkehr, keine Vorausschau. Wonach sollte sie noch Ausschau halten?

Sie hatte sich die Augen blind gesehen bis zur Straßenkrümmung, wo um die Ecke biegt, was Schicksalsbote ist oder das Schicksal selbst, Briefträger und Arzt, Gendarm und die, welche nach Hause kommen. Hundertmal ist sie genarrt worden von irgendeinem, der ähnlich ausschritt – von einer Kopfhaltung, die sie erinnerte ... Jetzt aber hat sie das Schauen sich abgewöhnt, wie das Beten, wie das Weinen, wie das Warten, wie das Hoffen, und wer sich das Hoffen abgewöhnt hat, ist schlimm daran. Er hat sich dem Ende schon anheimgegeben.

Nach dem weißen stillen Neujahrstag aber begann es in ihrem Haus auf seltsame Weise „umzugehen". Die Gerätschaften trieben ein unheimliches und selbstherrliches Wesen mit ihr. Anna, sagte die himmelblaue Mehltruhe und stieß sie ans Schienbein, Anna, ich bin noch nicht leer, noch nicht ganz leer, es könnte gerade noch langen. Der Bunzeltopf mit dem verzuckerten Honigrest schob sich zwischen ihre Füße, während er sonst in brauner dickbäuchiger Behäbigkeit in der hintersten Ecke des Gewölbes stand. Jetzt war er so weit nach vorn gerückt, dass sie ihn benahe umstieß. Anna, sagte auch er, es täte reichen, nimmst halt ein bissel Sirup dazu.

Das leinene Säckchen mit den Haselnüssen fiel vom Haken, wo es luftig hing, und fiel ihr beinahe auf den Kopf. Es wollte sich unbedingt bemerkbar machen, da gab der mürbe Aufhänger nach und zerriss. Das Kuchenbrett schlug um, dabei hatte es schräg an der Ofenbank gelehnt, es klappte laut, nicht zu überhören, und der Nussknacker, der sonst gar nicht im Messerschub lag, schob sich ihr förmlich zwischen die Finger. Das Wiegemesser aber schaukelte auf sie zu, bis sie es in die Hand nahm und behutsam durch die Haselnüsse führte.

Ihre Hände übten die gewohnten Griffe mühelos. Das Hirn half dabei, das Herz aber war noch verhärtet in Abwehr, doch schließlich ergab es sich ins Unvermeidliche.

Warum sollen die denn darunter leiden, dass du so allein bist, gelt Anna? sagte es. Die können doch gewiss nichts dafür, und es wäre das erste Mal, dass sie mit leerem Säckel abziehen müssten, die Heiligen Drei Könige.

Es fand sich sogar noch etwas Cochenille, um die Hälfte der Pfeffernüsse rosa zu färben, wie sich das gehört zum Heiligendreikönigstag, und es waren schließlich sechs große Bleche voll geworden. Das Haus roch von oben bis unten nach Weihnachten, was sie am Fest selbst hatte vermeiden wollen. Und weil es jetzt nicht mehr darauf ankam, nagelte sie einen großen Ast, den der Sturm von der Blautanne geschlagen hatte, über die Haustür, gerade dahin, wo in den Querbalken das C+M+B eingebrannt war, auf dass Caspar, Melchior und Balthasar das Haus behüteten, und hängte an den Tannenast den alten fiedrig geschnittenen Stern aus Rauschgold, wie alle Jahre. Nun mochten sie kommen!

Was für ein Sturm, immer noch! Am Vormittag des Dreikönigstages ging sie hinters Haus in den Nutzgarten und schüttelte den schweren traurigen Neuschnee aus den Kronen der jungen Obstbäume, dass sie nicht brächen. Sie ging in hohen alten Männerstiefeln, stapfte eine halbmetertiefe Nikolausspur kreuz und quer durch den Garten und dachte an die Heiligen Drei Könige und an ihre dünnen Mäntelchen und an ihr schlechtes Schuhwerk, und wenn es so vom Ochsenberg herunterfegte wie jetzt, konnten sie einem wirklich Leid tun, die armen Schlucker, die armen Spatzen, die armen kleinen Räuber. Denn das waren sie wirklich geworden: Kartoffelräuber,

Rübenräuber, Apfelräuber, Birnenräuber, Haselnussdiebe. Hunger tut weh, und sie wusste ganz genau, warum sie gebacken hatte.

Wusste sie das wirklich? Für die Heiligen Drei Könige? Nur für die Heiligen Drei Könige, freilich! Aber sechs Bleche, sechs volle große Bleche! Ach, die Hoffnung, die doch purer Wahnwitz war, nichts Himmlisches mehr und eher eine teuflische Narretei treiben mochte mit ihr, der Beraubten, sie hatte sich, großmächtig, mit dem neuen Jahre aufgemacht und ging nun Schritt für Schritt einen Fuß breit vor ihr her, dass sie sie fassen und spüren konnte bei allen Verrichtungen. Ob sie das Mehl wog und siebte, ob sie Gewürz in die hölzerne Backmulde tat oder die gewärmten Bleche mit Speckschwarte einrieb und hernach sorgfältig mit Mehl bestäubte.

Wir Heiligen Drei Könige mit unserem Stern,
Wir singen und beten und fasten nicht gern …

Da waren sie und sangen wie eh und je. Die Leinensäckchen aber waren schlaff, von kümmerlicher Leere, und ihr Haus war so ziemlich das letzte vorm Walde.

Gut, dass ich doch gebacken habe, dachte sie, und dann fragte sie, wo denn der dritte König wäre.

’s hat ihm halt die Krone nuntergeblasen, sagte der Mohrenfürst entschuldigend und zog mit der Nase hoch, die rotgefroren aus der verwischten Rußschmiere leuchtete. Beim Beckmüller am Bache wird sie liegen, aber ’s war zu glatt, eine richtige schräge Kaschel, da hat er sich nicht runtergetraut, bei dem Winde überhaupt. Er hat auch geflennt, ohne Krone macht er nicht mehr mit, hat er gesagt, und da is er eben nach Hause gegangen. ’s gibt uns doch heut niemand nischt mehr, hat er gemeint.

Sie zählte die Pfeffernüsse gerecht in die grauen Säckchen. Dreißig und dreißig und noch einmal zwei Mandeln dazu. Die sind aber für ihn, sagte sie, gebt sie ihm richtig ab, hört ihr, und jetzt singt noch einmal.

Wir Heiligen Drei Könige mit unserm Stern …

Zweistimmig klang es empor zum C+M+B über der Tür, zur Tanne und zum glitzernden Gold. Sie waren beide im Chor, der Mohrenfürst hielt brav die erste Stimme, es klang sehr schön. Anna gab beiden einen Klaps. Haltet nur ihr die Kronen ordentlich fest, sagte sie, und macht jetzt, dass ihr nach Hause kommt, in einer Viertelstunde ist pechfinstre Nacht.

Aber um Neune rum kommt der Mond übern Hainwald, sagt der Mohrenfürst pfiffig. Da müsst ihr schon zweimal rumgeschlafen haben, schalt Anna. Marsch jetzt, und ich lass die Mutter schön grüßen …

Pechfinstere Nacht. Der hier Weg und Steg kennt von Kindesbeinen an, muss sich das Vorwärtskommen ertasten, Schritt für Schritt. Sturm heult und tobt, Äste krachen, und einmal schlägt ihn eine breiige Schneelast auf Kopf und Schultern, dass es ihn beinahe umwirft. Aber er schüttelt sich und prustet und stapft vorwärts. Ihm ist es ganz recht, dass Dunkelheit ihn verbirgt, ihn und seine Zerlumptheit, seine Ausgemergeltheit, seine eisgrauen Haare, wo er gerade erst vierzig ist, und seinen Stoppelbart.

Bleib über Nacht, hatte die Wirtsfrau in Pfaffenmühle zu ihm gesagt, kommst ja in die pechrabenschwarze Finsternis.

Wie wird er denn hier übernachten, zwei Stunden von Hause entfernt, zwei winzige Wegstunden, der durch die Ewigkeit gewandert ist, durch Not und Qual und Tod und fressendes Feuer! Er hat sich aufgewärmt, hat etwas gegessen, jetzt geht es wieder, es muss gehen!

C+M+B steht über seiner Haustür, noch vom Urgroßvater her, der ein frommer Mann gewesen sein soll. Er ist nicht fromm, schon lange nicht mehr, aber – Caspar+Melchior+Balthasar – ist nicht heut der sechste Januar? Sie sollen ja die Reisenden und Fahrenden beschützen, die Heiligen Drei Könige. Vielleicht haben sie ihn begleitet und bis hierher gebracht.

Er kann nicht mehr gut steigen, er kommt hinter den Atem – hinger a Odem, heißt es hier richtig. Er und nicht steigen können, man sollte es nicht für möglich halten! Ach, wird schon werden, wird schon wieder werden bei der Anna. Schritt für Schritt, im Schnee, im Sturm, im tiefen Dunkel. Zwei Stunden? Es schlägt neunmal vom Altwilmsdorfer Kirchturm, da hätte er zu Hause sein müssen nach seiner Berechnung. Aber es geht nur mühsam voran, und er kann eben nicht mehr gut steigen. Der pappelnde Schnee ist frisch überkrustet, er bricht tiefer ein mit jedem Schritt, er muss abgekommen sein von der Straße, es ist auch glatt jetzt, die reinste Rutschbahn, und da sitzt er auch schon auf dem Hintern und fährt zu Tal, ein ganzes Stück, und das Steißbein, auf dem nicht mehr viel Polsterung ist, tut ihm verdammt weh. Er hat sich also tatsächlich verlaufen, in seinem eigenen Dorf.

Ein gnädiger, unendlich freundlicher Mond sieht durch sturmzerfetzte Wolken, vertreibt sie und zeigt ihm die Kirche und die Pappeln vor dem Dominium, dem Ochsenberg, und wo er sitzt, ist der Abrutsch zum Bach unterhalb der Beckmühle und die gefährlichste Kaschel im ganzen Umkreis und wird ihm wohl einen schönen blauen Fleck eingebracht haben. Aber die Anna hat noch Arnikaspiritus, wie er sie kennt, oder aufgesetzte Kiefernsprossen.

Hainwald, Ochsenberg, die Kirche, der Bach, die Anna – so hat er es geschafft, wirklich geschafft. Ist das die himmlische Seligkeit? Nicht sehr weit davon, wenn er auch verdreckt und verkommen ist und nur noch ein besseres Gerippe seit dem Typhus.

Er macht sich ans Aufstehen und sieht es blinken und erschrickt. Am Bach blinkt es. Spiegelndes Mondlicht? Geheimnisvoll und wunderlich liegt es im Schnee unter der Weide, zackig und golden. Er hebt es auf und weiß, was es ist. Sechster Januar, und einer hat die Krone verloren vorhin beim Sturm, Melchior oder Caspar oder Balthasar.

Er stülpt sich die Krone vorsichtig, den prunkvollen Zierrat und so leicht zu verwehen, über die missfarbene Mütze und geht einher, wie der Junge von ehedem um Pfeffernüsse singen ging mit dem Sack und um Speck. Er lacht über sich und freut sich dabei! Wenn ihm so was noch Spaß macht, wenn er mit der Krone zur Anna kommt und ihr das Lied singt vor der Tür, jetzt in der Nacht, wenn er das noch kann, dann kann er alles andere auch. Wieder steigen lernen, seinen Steilhang fertig roden, ein Stück Vieh nach dem andern aufziehen, damit der Stall wieder voll ist, und die Bachwiese endlich trocken legen, und eine neue Scheune, später vielleicht, es ist alles möglich, alles, wenn so etwas passieren kann, wie ihm da passiert ist, wenn er eigens beim Beckmüller abrutschen musste, um die Krone zu finden, welche die Heiligen Drei Könige verloren haben.

Er wird sie nicht verlieren, die ist mehr als Papier und Rauschgold, die Krone, sie ist ein Zeichen, ein Wahrzeichen, und auch ein Wegzeichen für ihn. Denn genau dort, wo sie im Schnee lag, zweigt von Beckmüllers Weiden der kleine Schriemweg ab, der geradewegs zu seiner Bachwiese führt. Jetzt verläuft er sich nicht mehr, er steigt und steigt, und seit ihm die Krone auf der Mütze paradiert, kommt er, nicht ein einziges Mal mehr, „hinger a Odem" …

Warum findet sie heute nicht ins Bett? Sie hat die Pfeffernüsse fortgepackt und wieder welche aus der Blechtrommel genommen und auf den Zinnteller gelegt.

Warum eigentlich? Sie ist nicht um sieben ins Bett gekrochen, wie Weihnachten und Silvester, sondern sie hat sich an den Tisch gesetzt, die Hände im Schoß. Aber die Hände finden keine Ruhe, und die Füße zucken unter dem Tisch und schicken sie zum Herd. Sonst lässt sie abends das Feuer ausgehen. Jetzt zwingt sie das gleiche Unnennbare, das ihr die Pfeffernüsse förmlich abzwang. Scheit um Scheit ins Feuerloch auf die letzte Glut zu schieben, und wie es zu knistern beginnt und auflodert und sausend singt, ist die Stube mit solchem neuen lebendigen Leben erfüllt, dass Füße und Hände nicht einfach Feierabend halten können.

Es treibt sie zur Kommode hin: Du wolltest doch morgen Betten beziehen, Anna. Tu es jetzt, tu es gleich, es ist erst neun. Eins zwei drei ist's gemacht. Die frische Schürze vorgebunden, Bezüge und Betttuch aus dem Schub gehoben.

Jetzt mischt sich dem Honigduft der Pfeffernüsse und dem wohligen Brenzelgeruch des kienigen Holzes der frische Hauch wiesengetrockneter Wäsche. Sie breitet das Betttuch und streicht es glatt und stopft es fest, sie greift mit einer Hand zwei Zipfel des Federbettes und zwei Zipfel des schlohweißen Bezuges, der links gerollt ist, wie sie es gelernt hat, und sich nun leicht über die rote Fülle streifen lässt. Dann ist das Bett frisch gemacht und sieht weißer aus als der Schnee draußen. Sie aber hat nichts mehr zu tun, nichts als zu horchen. Auf das Knistern des Feuers, auf das Knarren der Dachbalken, auf den Sturm, wie er heult und Äste von der alten Birke knackt und sanft wird vor dem Mond und sich endlich ermattet mit einem letzten Ächzen zur Ruhe begibt.

Da ist es Schlag neun Uhr, der Kuckuck ruft es ihr zu. Ob die Heiligen Drei Könige schon zweimal herumgeschlafen haben, wie sie es ihnen doch gesagt hat, und ob sie dem dritten, der die Krone verloren hat, auch die dreißig Pfeffernüsse ehrlich abgegeben haben? Zwei Heilige Drei Könige, das ist auch noch nicht dagewesen, solange sie denken kann. Sie lacht ein bisschen, wirklich, sie lacht. Sie haben hübsch gesungen, besonders der Mohrenfürst, der hat überhaupt eine gute Stimme. Sie summt, wahrhaftig, sie summt vor sich hin:

Wir Heiligen Drei Könige mit unserm Stern,
Wir beten und singen und fasten nicht gern.

Sie summt es leise, aber draußen singt es, es singt eins vor der Tür. Es ist einhalb zehn, der Kuckuck schreit … Sie hat sich getäuscht, sie hat zu sehr an die Heiligen Drei Könige gedacht, verrückt ist sie, ganz verdreht, warum eigentlich?

Wir Heiligen Drei Könige mit unserm Stern …

Es singt eins, es singt wahrhaftig vor der Tür, Herrgott, Herrgott im Himmel …

Es sind die Füße, die sie zur Tür tragen, Hirn und Herz wissen nichts davon, das Herz schlägt einen Trommelwirbel, dass sie nicht atmen kann, das Hirn begreift nicht. Welches Menschenhirn begriffe auch sogleich, wenn es ihm geschieht, das Wunder?

Wir Heiligen Drei Könige mit unserm Stern …

Was blinkt so? Goldpapier, zackig geschnitten, die Krone blinkt … der dritte König …

Er kniet nicht vor ihr, so etwas tut selbst der nicht, der in hundert oder tausend Nächten gedacht hat, auf den Knien müsste man rutschen, bis nach Hause, bis zu ihr hin.

Er ist einfach ausgeglitten, zum zweiten Mal heute, und diesmal bekommen es die Kniescheiben zu spüren, dass die mittagnasse Steinschwelle frisch überfroren ist, und dass noch niemand Asche gestreut hat, jetzt mitten in der Nacht. Aber er steht nicht auf und streckt die Arme aus und hält sich links und rechts an ihrem Rock fest und reißt ihr fast die Reihfalten aus, und dann geschieht es doch so, wie er es in aberhundert Nächten gewollt hat: Er rutscht zu ihr auf den Knien und drückt das stoppelige, verwahrloste Gesicht in ihren Rock.

Die Krone scheint golden wie der Mond selbst. Aber silbern scheint und fremd seines Haares dichte Haube. Reif ist ihm auf den braunen Schopf gefallen. Und das macht aus ihrer Liebe, die sie innig gehegt hat, trauernd, nichts mehr erhoffend, nun süße und schmerzliche, feuerrot brennende

Glut, die den Mond und seinen Glanz in sich aufnimmt, alle Sonnen der Welt, alle Sterne des geklärten Himmels, den schimmernden Schnee, die Krone aus Goldpapier, das Wunder der Pfeffernüsse, des frischbezogenen Bettes, des schlaflos unbegründeten Erwartens dieser Nachtstunde.

Sie hat nicht aufgeschrien im seligen Erschrecken, sie lachte auch nicht und weinte auch nicht. Sie seufzte nur einmal leise, es war eher wie ein Auf- und Ausatmen. Ja, sie atmete mit diesem Seufzer die Not und Bangnis, alle Hoffnungslosigkeit des letzten Jahres aus und entließ sie in die winterliche Nacht, auf Nimmerwiedersehen.

Der dritte König, dachte sie.

Dann half sie ihm aufstehen.

BERTOLT BRECHT

DAS PAKET DES LIEBEN GOTTES

Nehmt eure Stühle und eure Teegläser mit hier hinter den Ofen und vergesst den Rum nicht. Es ist gut, es warm zu haben, wenn man von der Kälte erzählt.

Manche Leute, vor allem eine gewisse Sorte Männer, die etwas gegen Sentimentalität hat, haben eine starke Aversion gegen Weihnachten. Aber zumindest ein Weihnachten in meinem Leben ist bei mir wirklich in bester Erinnerung. Das war der Weihnachtsabend 1908 in Chicago.

Ich war anfangs November nach Chicago gekommen, und man sagte mir sofort, als ich mich nach der allgemeinen Lage erkundigte, es würde der härteste Winter werden, den diese ohnehin genügend unangenehme Stadt zustande bringen könnte. Als ich fragte, wie es mit den Chancen für einen Kesselschmied stünde, sagte man mir, Kesselschmiede hätten keine Chance, und als ich eine halbwegs mögliche Schlafstelle suchte, war alles zu teuer für mich. Und das erfuhren in diesem Winter 1908 viele in Chicago, aus allen Berufen.

Und der Wind wehte scheußlich vom Michigan-See herüber durch den ganzen Dezember, und gegen Ende des

Monats schlossen auch noch eine Reihe großer Fleischpackereien ihren Betrieb und warfen eine ganze Flut von Arbeitslosen auf die kalten Straßen.

Wir trabten die ganzen Tage durch sämtliche Stadtviertel und suchten verzweifelt nach etwas Arbeit und waren froh, wenn wir am Abend in einem winzigen, mit erschöpften Leuten angefüllten Lokale im Schlachthofviertel unterkommen konnten. Dort hatten wir es wenigstens warm und konnten ruhig sitzen. Und wir saßen, so lange es irgend ging, mit einem Glas Whisky, und wir sparten alles den Tag über auf dieses eine Glas Whisky, in das noch Wärme, Lärm und Kameraden mit einbegriffen waren, all das, was es an Hoffnung für uns noch gab.

Dort saßen wir auch am Weihnachtsabend dieses Jahres, und das Lokal war noch überfüllter als gewöhnlich und der Whisky noch wässeriger und das Publikum noch verzweifelter. Es ist einleuchtend, dass weder das Publikum noch der Wirt in Feststimmung geraten, wenn das ganze Problem der Gäste darin besteht, mit einem Glas eine ganze Nacht auszureichen und das ganze Problem des Wirtes, diejenigen hinauszubringen, die leere Gläser vor sich stehen hatten.

Aber gegen zehn Uhr kamen zwei, drei Burschen herein, die, der Teufel mochte wissen woher, ein paar Dollars in der Tasche hatten, und die luden, weil es doch eben Weihnachten war und Sentimentalität in der Luft lag, das ganze Publikum ein, ein paar Extragläser zu leeren. Fünf Minuten darauf war das ganze Lokal nicht mehr wiederzuerkennen.

Alle holten sich frischen Whisky (und passten nun ungeheuer genau darauf auf, dass ganz korrekt eingeschenkt wurde), die Tische wurden zusammengerückt, und ein verfroren aussehendes Mädchen wurde gebeten, einen Cakewalk zu tanzen, wobei sämtliche Festteilnehmer mit den Händen den Takt klatschten. Aber was soll ich sagen, der Teufel mochte seine schwarze Hand im Spiel haben, es kam keine rechte Stimmung auf.

Ja, geradezu von Anfang an nahm die Veranstaltung einen direkt bösartigen Charakter an. Ich denke, es war der Zwang, sich beschenken lassen zu müssen, der alle so aufreizte. Die Spender dieser Weihnachtsstimmung wurden nicht mit freundlichen Augen betrachtet. Schon nach den ersten Gläsern des gestifteten Whiskys wurde der Plan gefasst, eine regelrechte Weihnachtsbescherung, sozusagen ein Unternehmen größeren Stils, vorzunehmen.

Da ein Überfluss an Geschenkartikeln nicht vorhanden war, wollte man sich weniger an direkt wertvolle und mehr an solche Geschenke halten, die für die zu Beschenkenden passend waren und vielleicht sogar einen tieferen Sinn ergaben.

So schenkten wir dem Wirt einen Kübel mit schmutzigem Schneewasser von draußen, wo es davon gerade genug gab, damit er mit seinem alten Whisky noch ins neue Jahr hinein ausreichte. Dem Kellner schenkten wir eine alte, zerbrochene Konservenbüchse, damit er wenigstens ein anständiges Servicestück hätte, und einem zum Lokal gehörigen Mädchen ein schartiges Taschenmesser, damit es wenigstens die Schicht Puder vom vergangenen Jahr abkratzen könnte.

Alle diese Geschenke wurden von den Anwesenden, vielleicht nur die Beschenkten ausgenommen, mit herausforderndem Beifall bedacht. Und dann kam der Hauptspaß.

Es war nämlich unter uns ein Mann, der musste einen schwachen Punkt haben. Er saß jeden Abend da, und Leute, die sich auf dergleichen verstanden, glaubten mit Sicherheit behaupten zu können, dass er, so gleichgültig er sich auch geben möchte, eine gewisse, unüberwindliche Scheu vor allem, was mit der Polizei zusammenhing, haben musste. Aber jeder Mensch konnte sehen, dass er in keiner guten Haut steckte.

Für diesen Menschen dachten wir uns etwas ganz Besonderes aus. Aus einem alten Adressbuch rissen wir mit Erlaubnis des Wirtes drei Seiten aus, auf denen lauter Polizeiwachen standen, schlugen sie sorgfältig in eine Zeitung und überreichten das Paket unserm Mann.

Es trat eine große Stille ein, als wir es überreichten. Der Mann nahm zögernd das Paket in die Hand und sah uns mit einem etwas kalkigen Lächeln von unten herauf an. Ich merkte, wie er mit den Fingern das Paket anfühlte, um schon vor dem Öffnen festzustellen, was darin sein könnte. Aber dann machte er es rasch auf.

Und nun geschah etwas sehr Merkwürdiges. Der Mann nestelte eben an der Schnur, mit der das „Geschenk“ verschnürt war, als sein Blick, scheinbar abwesend, auf das Zeitungsblatt fiel, in das die interessanten Adressbuchblätter geschlagen waren. Aber da war sein Blick schon nicht mehr abwesend. Sein ganzer dünner Körper (er war sehr lang) krümmte sich sozusagen um das Zeitungsblatt zusammen, er bückte sein Gesicht tief darauf herunter und las. Niemals, weder vor- noch nachher, habe ich je einen Menschen so lesen sehen. Er verschlang das, was er las, einfach. Und dann schaute er auf. Und wieder hatte ich niemals, weder vor- noch nachher, einen Mann so strahlend schauen sehen wie diesen Mann.

„Da lese ich eben in der Zeitung“, sagte er mit einer verrosteten mühsam ruhigen Stimme, die in lächerlichem Gegensatz zu seinem strahlenden Gesicht stand, „dass die ganze Sache einfach schon lang aufgeklärt ist. Jedermann in Ohio weiß, dass ich mit der ganzen Sache nicht das Geringste zu tun hatte.“ Und dann lachte er.

Und wir alle, die erstaunt dabei standen und etwas ganz Anderes erwartet hatten und fast nur begriffen, dass der Mann unter irgendeiner Beschuldigung gestanden und inzwischen, wie er eben aus dem Zeitungsblatt erfahren hatte, rehabilitiert worden war, fingen plötzlich an, aus vollem Halse und fast aus dem Herzen mitzulachen, und dadurch kam ein großer Schwung in unsere Veranstaltung, die gewisse Bitterkeit war überhaupt vergessen, und es wurde ein ausgezeichnetes Weihnachten, das bis zum Morgen dauerte und alle befriedigte.

Und bei dieser allgemeinen Befriedigung spielte es natürlich gar keine Rolle mehr, dass dieses Zeitungsblatt nicht wir ausgesucht hatten, sondern Gott.

Monika Sperr

Kein Wort von Weihnachten

24. Dezember 1980.
Nach einer schweren Rückenoperation befand meine Freundin Ulrike sich zur Kur in Bad Abbach. Gegen Abend fuhren wir – sie, ihr Sohn und ich – mit dem Auto nach Regensburg, um dort irgendwo zu essen. Wir parken im Zentrum, liefen durch die menschenleeren, wie leergefegten Straßen: Asphalt, Beton, Neonlicht in allen Farben, zum Bersten volle Schaufenster. Wir waren hungrig, es war kalt; lange suchten wir vergeblich nach einem geöffneten Lokal. So viel Licht, Reklame; so üppig, grell beleuchtete Schaufenster, Passagen, Geschäftseingänge, doch nirgends eine Tür, die wir hätten öffnen können, um einzutreten und zu einem Essen zu gelangen. Zuerst machten wir noch Späße, Witze, Scherze.

Notstand im Wohlstand, alberte Stefan, der lang, dürr, nur mit Jeans und einer Lederjacke bekleidet, neben mir ging, die Schultern frierend hochgezogen, die Hände tief in die Hosentaschen gebohrt. Sein jämmerlicher Anblick stimmte mich nicht eben heiter. Mürrisch begutachtete ich das immense Angebot eines Feinkostladens, während ich mit zunehmender Wut sagte: Vor einer Wurst- und Schinkenpyramide verhungerten am Heiligen Abend im Zentrum von Regensburg drei Fremde.

Niemand von uns kam auf die Idee, an irgendeiner Haustür zu klingeln und die dahinter Feiernden um Gastfreundschaft zu bitten.

Unsere Schritte wurden langsamer, müder; die erfolglose Suche deprimierte uns. Da entdeckten wir ein Lokal, von keinem Neonlicht erhellt, trotzdem geöffnet: durch die stark verschmutzten Scheiben fiel gedämpftes Licht. Wir traten ein, grüßten freundlich und wurden freundlich begrüßt. Guten Abend!

Das Lokal wirkte schäbig, aber sehr gemütlich: blankgescheuerte Tische aus einem billigen Holz, ein eiserner Herd, eine Musikbox, aus der Mozarts kleine Nachtmusik tönte. Rauch hing in der Luft; wir setzten uns in eine Ecke hinter den Herd, dessen Feuer kräftig bullerte. Ein junger Mann, offensichtlich der Sohn des Wirts, brachte uns die Speisekarte, empfahl das Schnitzel mit den Bratkartoffeln und sagte mit einem Lächeln herzerwärmender Heiterkeit: Was möchten Sie trinken?

Er trug einen abgetragenen schwarzen Anzug, sah darin aber sehr würdevoll, geradezu feierlich aus. Die Bestellung notierte er mit einer Grandezza, als sei er Ober in einem Grand-Hotel. Wir bestellten Wein, Tee, einen Orangensaft, nahmen alle drei das Schnitzel. Der Mann am Nebentisch, klein, gebückt, das schüttere Haar sorgfältig gescheitelt, hob sein Bierglas, prostete uns zu: Wohl bekomm's! Sie sind wohl nicht von hier?

Wir kamen ins Gespräch, hörten ihm zu, erzählten von

uns; lachten, weil wir alle vier aus Berlin stammten, inzwischen aber nur Stefan dort noch zu Hause war.

Mir ist die Stadt zu düster, sagte ich. Im Winter sieht man das Blau des Himmels oft über Wochen nicht.

Stefan interessierte nicht der Himmel, sondern das Leben in dieser geteilten, eingemauerten Stadt, und das, so fand er, sei in Berlin um vieles aufregender als sonst irgendwo auf der Welt.

Unser Tischnachbar, gut dreißig Jahre älter, so um die sechzig, stimmte ihm begeistert zu: Ja, da lässt es sich leben!

So aßen wir, gewärmt, geborgen, aßen Schnitzel mit Bratkartoffeln, lachten, lärmten, genossen unser Zusammensein. Kein Wort von Weihnachten, nur Ulrike sagte irgendwann: An einen schöneren Weihnachtsabend kann ich mich nicht erinnern.

Prost, sagte ich und dachte fast voller Mitleid an die vielen, die sich jetzt über Geschenke freuen mussten, die sie nicht freuten.

Marie Luise Kaschnitz

Alle Jahre wieder

Gestern hat mich der junge Munk besucht. Es war der dritte Adventssonntag, und natürlich kamen wir bald auf Weihnachten zu sprechen und auch auf jenes besondere Weihnachten, das letzte, was Munk in unserer Stadt verlebte. Er war damals elf Jahre alt, und seine Freunde, der kleine Sepp und der große Anton, waren ungefähr ebenso alt, sie gingen alle in dieselbe Klasse, und weil sie auch in demselben Mietshaus wohnten, waren sie unzertrennlich, was jedoch nur heißen soll, dass es nach allen Krächen und Schlägereien immer wieder zu einer Versöhnung kam. Ich wohnte in demselben großen Haus, das gleich nach dem Zweiten Weltkrieg eilig und aus schlechtem Material erbaut worden war. Seine Wände und Decken waren so dünn, dass man aus den Nachbarwohnungen alle Geräusche hörte, Stimmen und Schritte, und am Heiligen Abend die Weihnachtslieder und die kleinen Glocken, mit denen man die Kinder zu den Bescherungen rief. Aber diesem Umstand hatte ich es doch zu verdanken, dass ich in jener nun schon Jahre zurückliegenden Christnacht ahnte, warum die drei Buben sofort nach der Bescherung wegliefen und warum sie erst wiederkamen, als die Mitternachtsglocken ausgeläutet hatten. Was sie in der Zwischenzeit gemacht haben, habe ich freilich erst gestern von dem jungen Munk erfahren. Die erlauschten Weihnachtsabende – nun, man muss sich nicht vorstellen, dass sie einander glichen, wie eine silberne Christbaumkugel der anderen gleicht. Ich erinnere mich, dass in den ersten Jahren überall im Hause noch Weihnachtslieder gesungen wurden. Später holte man sich die Musik aus dem Rundfunk, unterbrach sie auch und ließ Glocken läuten oder einen Redner reden und unterbrach am Ende auch diesen, um sich zu Tisch zu setzen zu diesen Weihnachtsmählern, die in jeder Festzeit üppiger wurden.

In den folgenden Jahren aber war es auch mit der Radiomusik vorbei. Es wurden von den Kindern keine Gedichte mehr aufgesagt, die zitternden Töne der Bescherungsglöckchen waren nicht mehr zu vernehmen und auch nicht die Stimme des kleinen Sepp, der früher dazu angehalten worden war, neben dem brennenden Christbaum die Weihnachtsgeschichte aus dem Lukasevangelium vorzulesen. Übrigens zog um diese Zeit auch der Geruch der Christbaumkerzen schon nicht mehr durch das Haus. Die Eltern des großen Anton hatten es überflüssig gefunden, dem Gymnasiasten noch einen Baum zu putzen, und die Eltern des kleinen Sepp hatten ein künstliches Ding gekauft, das sich mit Glühbirnen besteckt im Kreise drehte und dazu „Stille Nacht" spielte, welche Töne man aber auch abstellen konnte und abstellte, schon im zweiten Jahr.

Nur in der Familie Munk gab es noch einen Tannenbaum mit Lichtern. Aber diese Lichter wurden bereits nach fünf Minuten wieder ausgeblasen, weil der Vater des kleinen Munk jetzt sehr nervös war, immer einen Eimer Wasser bereithielt und schon die ganzen fünf Minuten lang mit seiner schrillen Stimme „ausmachen, ausmachen" rief.

Ich hatte mir nie recht klargemacht, was sich da so langsam veränderte, so dass schließlich von Weihnachten fast nichts mehr übrig blieb als ein Tisch voller Geschenke, ein zu fettes Essen und ein unruhiger Schlaf. An dem Abend aber, von dem ich erzählen will, ging ich kurz vor neun Uhr mit meinen Hund noch einmal auf die Straße, und da sah ich das Haus von außen, sah die Eltern Munk im 220 SE schön angezogen wegfahren, sah den großen Anton im kahlen Zimmer allein am Tisch hocken und begegnete an der Ecke den Bekannten, die zu den Eltern des kleinen Sepp zum Kartenspielen kamen. Und ein wenig später sah ich auch die Buben, die sich aus dem Fenster beugten und einander Zeichen machten und wie sie dann plötzlich alle zusammen aus der Haustüre und die Straße hinunterliefen. Ich folgte ihnen ein paar Schritte weit, und dabei bemerkte ich, dass an der Ecke ein Mädchen sich ihnen anschloss, und dass sie dieses Mädchen mit Schimpfworten und sogar mit Schlägen, aber ganz vergeblich, zu vertreiben versuchten.

Wie der junge Munk mir gestern erzählte, hatte er dieses Mädchen schon vorher gekannt. Er hatte es des öfteren an der Getränkebude getroffen, wo er für seinen Vater Bier holte. Es hatte dort auf einem niederen Mäuerchen seltsame Tanzschritte gemacht und dazu so unzusammenhängende Worte gemurmelt, dass er es für schwachsinnig hielt. An jenem Abend nun hatte es ihm dann noch gewinkt und so getan, als habe es ihm Wichtiges mitzuteilen, und darum war der junge Munk es gewesen, der das Mädchen am lautesten angeschrien und sogar geschlagen hatte. Aber dann hatte er das Kind mitlaufen lassen, weil an diesem Weihnachtsabend ja doch schon alles verdorben und nichts mehr zu retten war.

Denn was ist noch zu retten, wenn man, wie Munk, von einer zügellosen und später nicht mehr begreiflichen Vorfreude erfüllt, den Vater im Nebenzimmer höhnisch sagen hört: Alle Jahre wieder, und, könnte auch einmal ausfallen, dieses blödsinnige Weihnachten, alle zwei Jahre wäre genug. Und was ist noch zu retten, wenn Eltern wie die des Anton nicht einmal an diesem Abend Frieden halten können, sondern sich, die schlimmsten Vorwürfe machen und schließlich beieinander hocken, verbissen und stumm. Und was ist noch zu retten, wenn wie in der Wohnung des kleinen Sepp, das Weihnachtszimmer voll fremder Leute sitzt, die Karten spielen und sich Witze erzählen, und nicht einmal die Schienen kann man zusammenstecken, und der kleine schäbige Engel, den man geliebt hat, hängt auch nicht mehr am Baum. Da muss man doch einfach weglaufen und gar nichts mitnehmen als ein paar uralte Murmeln, und das taten die drei Jungen auch und gingen mit ihren Murmeln an einen Ort, den sie kannten, auf ein großes, unbebautes Grundstück am Rande der Stadt. Dort versuchten sie noch einmal, das Mädchen loszuwerden, indem sie es mit feuchten Erdbrocken bewarfen. Aber das Mädchen blieb stehen, wiegte eine aus Stroh geflochtene Puppe und murmelte etwas, was wie Wurmsturmstern, also völlig unsinnig klang.

Es war da draußen ziemlich dunkel, kein Schnee, warme Luft und leise Schritte überall, auch gegen den Park und die Schrebergärten hin, so, als seien viele Kinder an diesem Abend unterwegs. Die Jungen auf dem mit Gras überwachsenen und teilweise schon aufgegrabenen Grundstück fingen an zu spielen, sie spielten mit ihren ganz gewöhnlichen blaugrauen und braunen Murmeln, die sie von einem Grashügel in ein Loch laufen ließen, in dem ein wenig schwarzes Wasser stand.

Plötzlich lief eine Murmel den Hügel hinunter, die anders aussah als die übrigen, größer, glasklar, mit etwas Weißem mittendrin. Munk stürzte hin und holte sie heraus, das Weiße in der Mitte war ein winziges Lamm mit einem Fähnchen aus gelbem Metall. Dämlich, sagte Munk, ein Schaf mit einer Fahne, und der Sepp sagte nur, das ist das Lamm Gottes, und gab die Riesenmurmel dem großen Anton zurück. Der sah auf seine Uhr, legte den Kopf in den Nacken und sagte, Explorer 205, und schon sahen sie das leuchtende Pünktchen zwischen Wolkenfetzen hinziehen und fingen an, sich darüber zu streiten, zum wievielten Male der kleine Satellit die Erde umkreiste. Das Mädchen klatschte in die Hände und rief: gehtaufgehtuntergehtabgehtschief, bis ihm die Buben mit Prügel drohten. Ein paar Tropfen fielen vom Himmel, und das Mädchen winkte, es schien sich hier auszukennen, es führte die Jungen zu einer halbverfallenen Bretterhütte, die als Geräteschuppen diente.

Der große Anton lief in die Hütte, streckte den Kopf zum Fenster heraus und schrie Muh Muh, was die anderen nicht ruhen ließ, so dass sie nun alle mit Muh und Bäh und I-A einen gewaltigen Lärm vollführten.

Das Mädchen hatte sich in der Hütte auf einen Holzklotz gesetzt und wiegte da töricht lachend seine Strohpuppe, und der große Anton schlich hin, zog seine Stablaterne heraus und leuchtete ihm ins Gesicht. Da sagte der Sepp ganz ruhig, das waren die Tiere, jetzt kommen die Hirten, zog sich die Jacke wie eine Kapuze über den Kopf, ging zu dem Mädchen hinein und beugte vor ihm das Knie.

Du bist wohl verrückt, schrie der große Anton, und Munk dachte, verrückt, verrückt, und machte dem Sepp schon alles nach, weil er sich plötzlich an die Krippe erinnerte, die früher unter dem Weihnachtsbaum gestanden hatte, aber schon lange nicht mehr, weil den Eltern das Aufbauen zu mühsam geworden war. Der große Anton natürlich tat nichts dergleichen, er ließ noch immer seinen Lichtstrahl wandern, nur manierlicher jetzt, so dass das Mädchen nicht mehr geblendet wurde und wieder sanft und ein wenig irre lächeln konnte. Aber dann knipste Anton seine Laterne mit einem Mal aus und sagte streng, was soll der Quatsch.

Es ist die Weihnachtsgeschichte, sagte der Sepp und fing schon an, sie zu erzählen, aber nicht in dem alten Wortlaut, den er doch auswendig wissen musste, sondern ganz anders, grausam und hart.

Da war die Heilige Nacht sehr dunkel und sehr kalt, der Joseph war ein hilfloser Alter und die schwangere Maria war sehr verzagt. Der Stern funkelte höchst unheimlich, und der erste Schrei, den das Jesuskind tat, war ein Schrei der

Angst. Die Hirten kamen aus bloßer Neugierde, und die drei Könige aus dem Morgenland saßen vor dem Stall und überlegten sich, warum sie eigentlich diese weite Reise gemacht hatten.

Aber dann, sagte der Sepp, schlug das Kind die Augen auf. Na und, fragte der große Anton und setzte sich auf die Schwelle der Hütte, und die beiden anderen Jungen setzten sich neben ihn, so dass sie nun da im Finsteren hockten wie die alten ratlosen Könige, nur dass kein Kind da war und kein besonderer Stern. Was war dann, fragte der große Anton noch einmal und nicht höhnisch, sondern so, als läge ihm etwas daran, eine Antwort zu bekommen.

Da war die Freude, sagte Munk, und da war die Liebe, sagte Sepp. Wieso, warum, fragte der große Anton, und nun sollten sie erklären, was sie gesagt hatten, und konnten es nicht. Darum wurde es plötzlich ganz still vor der Hütte, nur dass drinnen das Mädchen die Worte aufgeschnappt hatte und sie vor sich hin plapperte. Freudeliebefreudeliebefreudeliebe – das war wieder zum Verrücktwerden und klang doch auch ganz schön, wie eine Glocke oder wie ein Gedicht. Halt's Maul, schrien die Jungen alle zugleich, aber sie konnten nicht helfen, dass sie plötzlich guter Dinge waren und auf dem Hügel wie die Geißen herumsprangen. Und als das Mädchen jetzt erschrocken zu weinen anfing, wühlten sie in ihren Hosentaschen und förderten etwas zutage, das sie dem Mädchen zum Geschenk hinwarfen, der Sepp eine Rolle Bindfaden und der Munk eine Streichholzschachtel mit einem Sternbild darauf. Der große Anton zog sogar seine Riesenmurmel heraus, die mit dem Schäfchen, das seltsamerweise das Lamm Gottes hieß. Da, sagte er unfreundlich. In diesem Augenblick aber fuhren alle Kinder zusammen, weil es jetzt zu läuten anfing, und zwar sehr heftig und von allen Türmen der Stadt.

Natürlich habe ich dieses Mitternachtsläuten auch gehört. Ich bin auch zusammengefahren, aber dann war ich ganz zufrieden, weil ich mir plötzlich einbildete, dass es diesen lauten, heftigen Glocken gelingen würde, die weggelaufenen Kinder heimzurufen in die Stadt.

Ich hatte da nämlich schon eine ganze Weile am Fenster gestanden und nach den Buben Ausschau gehalten, und vor etwa einer Viertelstunde waren die drei Eltern, alle drei Elternpaare, aus dem Haus gekommen, um dasselbe zu tun. Sie hatten sich dabei laut und aufgeregt unterhalten, und aus ihren Stimmen hatte Angst geklungen, aber keine Einsicht, weswegen es dann auch, als die Kinder bald nach dem letzten Glockenschlag auftauchten, ein großes Gezeter gab. Die Jungen widersprachen nicht und heulten auch nicht. Freundlich lächelnd und so, als ginge sie das alles gar nichts an, standen sie unter der Laterne und gingen am Ende ganz folgsam mit ihren Eltern ins Haus. Ich sah ihnen nach, und obwohl ich doch damals noch gar nicht wissen konnte, wie sie diese Stunden verbracht hatten, taten sie mir nicht Leid. Ich muss wohl schon damals geahnt haben, was ich seit gestern weiß, nämlich, dass die Kinder an jenem Abend ihr Weihnachten selbst gefunden hatten – das richtige, mit dem es nie zu Ende sein kann, weil Freude und Liebe immer neu geboren werden, solange es Menschen gibt.

ERIKA PLUHAR

WAHRNEHMEN UND FREIGEBEN

Wahrnehmen und freigeben
Wahrheit annehmen
und Freiheit geben
Wie schwer ist Wahrheit zu erkennen
und Freiheit zu begreifen
Alles in uns drängt zu Lüge und Besitz
zu Fälschung und Machtanspruch
das geschieht schon bei zweien
unter dem Deckmantel der Liebe
wie sollte es dann
der Welt gelingen
die den Begriff der Liebe
nicht einmal mehr
auf ihre gefälschten Fahnen schreibt?
Wahrnehmen und freigeben
wäre Liebe
Könnten wir lieben
dann gelänge uns eine menschenwürdige Welt

Erika Pluhar

„Jahrhundertlied“

Sollte ich es einmal schaffen
neben dir bei mir zu bleiben
ohne mich verschließen zu müssen
dann werde ich zu dir gehen können
ohne Furcht

Sollte ich es einmal schaffen
neben dir unbeirrbar zu sein
ohne um mich schlagen zu müssen
dann werde ich dich umarmen können
ohne Traurigkeit

Sollte ich es einmal schaffen
neben dir mich selbst zu achten
ohne mich behaupten zu müssen
dann werde ich dich lieben können
ohne Schatten

Erika Pluhar

In unsren Händen

Es liegt in unsren Händen
ob wir uns halten oder nicht
es liegt in unsren Händen
ein Herz zu spalten oder nicht
Es liegt in unsren Händen
wie tief wir uns berühren
es liegt in unsren Händen
wie weit wir uns verführen
Es liegt in unsren Händen
den Himmel zu ergreifen
es liegt in unsren Händen
die Masken abzustreifen

Es liegt in unsren Händen
uns hinzugeben oder nicht
es liegt in unsren Händen
den Stein zu heben oder nicht
Es liegt in unsren Händen
die Türen zu verschließen
es liegt in unsren Händen
das Fremde zu begrüßen

In unsren Händen

Es liegt in unsren Händen
die Faust zu ballen oder nicht
es liegt in unsren Händen
uns festzukrallen oder nicht
Es liegt in unsren Händen
einander freizulassen
es liegt in unsren Händen
uns liebend zu umfassen
Es liegt in unsren Händen
wie bös wir Wunden schlagen
es liegt in unsren Händen
Verantwortung zu tragen

Es liegt in unsren Händen
das Schicksal dieser alten Welt
es liegt in unsren Händen
ob unser Stern vom Himmel fällt

Erich Fried

Was es ist

Es ist Unsinn
sagt die Vernunft
Es ist was es ist
sagt die Liebe

Es ist Unglück
sagt die Berechnung
Es ist nichts als Schmerz
sagt die Angst
Es ist aussichtslos
sagt die Einsicht
Es ist was es ist
sagt die Liebe

Es ist lächerlich
sagt der Stolz
Es ist leichtsinnig
sagt die Vorsicht
Es ist unmöglich
sagt die Erfahrung
Es ist was es ist
sagt die Liebe

Gabriele Wohmann

Floras Weihnachten

Weihnachten kommt zu oft. Flora seufzte tiefgründig und durchdrungen von der Absicht, bösartig auf ihn zu wirken.

Er sagte nur: Bekannt.

Ostern, begann Flora, als er ihr ins geplante nächste Wort fiel, indem er sie nachäffte, die Stimme hochschraubte, ihre Stimme war nicht so hoch wie seine Karikatur: Ostern kommt seltener. Danach klang er gutmütig: Schatz, auch die Fortsetzung – bekannt. Alle Jahre wieder. Du bejammerst dein schweres Weihnachtsschicksal seit Jahren.

Alle Jahre wieder, sang Flora, sie machte aus der Melodie ein hässliches Gequäke.

Nimms endlich wie ein erwachsener Mensch, riet er seiner in die Küche wegschlurfenden Frau. Mit dieser halben Million von rosa Pfeilen durchbohren Lockenwicklern auf ihrem Kopf (von dem blondgetönten Haar war fast nichts zu sehen) erinnerte sie ihn an eine Spezialwaffe, irgendeine Stachelgranate. Er folgte ihr bis zur Schwelle, sie rührte in einem Topf, in dem es wahrscheinlich nichts zu rühren gab. Die Kinder freuen sich drauf, sagte er lahm.

Die Kinder! Die Kinder! Alle über zwanzig und sie freuten sich nicht die Bohne.

Flora hatte Recht, er wusste es, aber ihr Handgranatenkopf war so schrecklich abschussbereit, aus ihm kamen die lästigen hässlichen Tatbestände, und er fühlte die Pflicht, sie abzumildern.

Die Kinder seufzen, da wo sie jetzt sind, genauso wie ich hier. Einziger Weihnachtsvorteil: Sie können sich mal kostenlos voll fressen und gründlich abkassieren.

Eigentlich ist sie nicht der zänkische Typ Ehefrau, sagte er sich. Könnte ja sein, dass ihre Weihnachtsunlust, mehr schon ein Zorn, mit ihrer Arbeit in der Redaktion zusammenhing. Sie stöhnte über eingesandte Weihnachtsgeschichten: Jede dritte Hausfrau auf der Welt schickt ihre Produktion, und es ist immer dasselbe. Zuerst will die Heldin, Ehefrau und Mutter, vor dem Stress mit Geschenken, Backen und so weiter davonlaufen, und dann tut sie es auch, kommt aber nicht weit, irgendwas hat sie plötzlich erleuchtet, sie kehrt um, fügt sich in ihr Los, und es wird das schönste Weihnachten seit Menschengedenken.

Vielleicht packst du es auch mal so wie diese Damen? Schlug er vor, weder hörte er sich hoffnungsvoll an, noch war er es. Beim nächsten Intermezzo zu diesem Thema käme ihr Problem mit Jesus Christus als Baby dran. Er regte sich nicht auf, auch in anderen familiären Angelegenheiten hatte er sich einen bekömmlichen Gleichmut zugelegt.

Ich mag ja Babys, wie du weißt. Diesmal war Flora blondlockig. Ihm lag es auf der Zunge, ihren Anblick zu kommentieren: Man könnte dich glatt am Christbaum aufhängen.

Oder oben auf die Spitze stecken. Siehst wie ein Rauschgoldengel aus. Fehlt nur noch, dass du dich zu einer lieblichen lächelnden Physiognomie durchringst. Aber besser, er hielt den Mund.

Du weißt, ich mag Babys, ja ich liebe sie, vorausgesetzt sie sind ein bisschen fett. Ich meine: speckig. Und ich fürchte, Jesus Christus war eher etwas mickrig, wegen der Armut und so. Aber fett oder mickrig, ein Baby anzubeten, überhaupt: zu verehren, also über seine wundervolle, dumme, ergötzliche, winzige, egoistische Babymäßigkeit hinaus ... in einem feierlichen und spirituellen Sinn einem Baby zu *danken* und dergleichen, das krieg ich wirklich schwer hin.

Bekannt, sagte er.

Bekannt bekannt bekannt! rief sie. So ist nun mal Ehe! Was ist *nicht* bekannt, nach so vielen Jahren?

Es gibt die Möglichkeit zu reifen, sich zu verändern. Soll beim Menschen mit dem Älterwerden vorkommen. Sie kriegen neue Ideen, eine andere Einstellung. Während er redete, erforschte er sein Gedächtnis nach guten Beispielen aus dem Freundeskreis, aber vor einem brauchbaren Fund störte Flora, sie lamentierte: Sein Geburtstag liegt so schrecklich lang zurück. Außerdem sind unsere Festsitten heidnisch.

Er wusste, Flora hatte überhaupt noch nichts vorbereitet. Die Weihnachtskartenbestellung war erfolgt, die Lieferung vollzogen, aber geschrieben hatte sie keine, und mit jeder Post kam bereits irgendein Gruß von Freunden, sie schimpfte über jeden, mokierte sich über kleine Gaben, Freundinnen bevorzugten ausgefallene Kerzen, und pietätlos zündete sie eins von diesen verachteten Exemplaren an, eine original Münsterländer Knisterkerze.

Der Geburtstag von Omama Trudi wird ja auch immer weitergefeiert. Er fand seinen Einfall gut und nicht gut. Ihre Großmutter war so etwas wie die Familienautorität gewesen und seit zwölf Jahren tot.

Aber niemand erwartet ihre Wiederkehr, wie wirs vom Heiland tun …, oder stimmt das nicht ganz? Flora überlegte. Gilt das für den Messias? Oder für Mohammed? Na egal, wers auch ist, er kommt nicht.

Flora konnte nicht einschlafen. Sie hielt sich für ziemlich gläubig, jedenfalls für die einzige Gläubige in der ganzen Familie. Es entlastete sie, über Weihnachten herzuziehen, warum nur? Sie hatte fast kein schlechtes Gewissen dabei. Wer es auch ist, zu kommen braucht er ja gar nicht. Dank ihm wissen wir von Gott Näheres und Erfreulicheres als das aus dem Alten Testament, und dass wir nach dem Leben hier das bessere Leben dort finden, endlich endlich, und wäre man nur pervers genug, dann könnte man sich ganz fulminant auf den Tod freuen. Flora hatte sich in eine versöhnliche Gemütsverfassung gegrübelt und schlief mitten in der Einleitung des guten Vorsatzes ein, die mit *Sei morgen eine friedfertige und* anfing.

Und es ging wieder schief. Flora beklagte die Zeitopfer, die das Fest ihr abverlangte. Schließlich fragte er:

Gegen Weihnachten zu rebellieren, findest du das eigentlich originell?

Es ist ebenso wenig originell, dafür zu sein. Blindlings mitmachen ist am allerwenigsten originell.

Trotzdem, was dich betrifft, du könntest dir was Neues einfallen lassen. Das wäre vor allem andern einfach intelligent.

Flora stieg zu voller Form auf: Sehr originell, und auch was Neues wärs, wenn *du* dich mal um die ganzen Vorbereitungen und die albernen Weihnachtskartengrüße kümmern würdest.

Immerhin, als Kontrast zu ihrer schlauen Bosheit klang sie gutartig und nach Belustigung, als stelle sie sich vor, wie er schusslig und ahnungslos mit der Festproblematik schlecht zurechtkäme, schließlich an ihr scheiterte.

Lass dir was Neues einfallen, hast du mir geraten. Sie sah ihn ausforschend keck an, dann wiederholte sie, an die Familienrunde triumphal gewandt: Lass dir was Neues einfallen, hat mir euer Vater geraten. Gut, er ist viel unterwegs, ein bisschen mehr Zeit hab ich vielleicht wirklich, na schön, drum habe halt wieder ich die Sache angepackt. Immer diesen Ratschlag im Ohr: Lass dir was Neues einfallen. Sie lachte, weil es sonst niemand tat.

Sie saßen am Esstisch, und immerhin gab es den traditionellen Kartoffelsalat und Gulasch, nebenher Buffalo Bills Tortilla Chips mit Hamburger Relish und Ingwerkürbis. Seine Töchter schienen ihm an diesem Weihnachtsabend nur zu dem Zweck so weißhäutig und hellblond und ihre Haare wie glattgebügelt zu sein, um ihre schnippische Kühle desto wirksamer zu verströmen. Fast hätte er glauben können, er spüre einen leichten Luftzug. Zum zweiten Mal rief Flora: Also redet nicht über mich, sondern mit mir.

Aber Eva schien sie überhaupt nicht gehört zu haben.

Warum muss sie immer gleich ausflippen? fragte sie ihren in Bärtigkeit verstummten und wie ihr Vater fand, beispielhaft unattraktiven derzeitigen Freund, der es selbstverständlich erst recht nicht wusste, weshalb er nach kurzer Verstörung weiteraß. Der minimale Gesichtsausschnitt, den seine Behaarung freigab, machte einen beunruhigenden Eindruck. Sirins Freund hingegen sah nach jedem Blick auf Evas Waldschrat beinah peinlich blank aus, er schenkte allen Captain-Cook-Rotwein nach, heuchlerisch, weil nur sein Glas ständig leer war, und sagte: Sie ist doch ganz schön amüsant, finde ich.

Ihn verstimmte alles. Die Freunde der Töchter waren ästhetische Nieten und geistlos, und Manieren hatten sie schon gar nicht. Und Floras Spleenigkeit ärgerte ihn auch. Sie müsste wissen, dass diesen galaktisch fremden jungen Leuten, die eigenen Kinder eingeschlossen, jeder Sinn für ihre schwarze Komik abging. Trotzdem, die Zeit drängte, für Flora Partei zu ergreifen. Nur: womit? Ehe ihm etwas Rettendes einfiel, half Flora sich selber, wie es aussah, in bester Stimmung siegreich, überhaupt nicht defensiv. Ihm war ziemlich mulmig, als sie verkündete: Ich finde nun mal Ostern spiritueller als Weihnachten. Auferstehung, ewiges Leben, all das. Es hat einfach mehr mit Transzendenz zu tun als eine Geburt, als ein Baby, das in seine Windeln macht.

Ach, Mami, lass gut sein. Sirin, die Ältere, winkte ab.

Auch seine Töchter, leider leider, benahmen sich unhöflich und wie entfernte Bekannte, wie ohne Zusammenhang mit ihrer Mutter. Und auch mit ihm. Sie kamen ihm unaufgetaut vor, im Tiefkühlfach gefrostetes, sehr helles

Obst. Er glaubte nicht, dass sie wirklich schockiert waren. Nicht der Mühe wer, sich hier gründlich zu engagieren. Dass er Flora beistehen müsste, wurde immer dringender. Wie wärs mit Jean Paul und „Wer nie zu viel empfindet, empfindet immer zu wenig“? Mit Captain Cook's Hilfe holte er sich Schwung, dann endlich domestizierte seine Stimme die Tischgesellschaft: Ihr selbst, Sirin, Eva, ihr habt seit Jahren Weihnachten ironisiert und euch hierher zu uns geopfert. Aber wir sind nicht die bedauernswerten Altchen, die Weihnachten ohne die Kinderchen nicht packen könnten, ganz und gar nicht, und eure Mutter ists, die sich opfert. Kann sein (Jean Paul sei Dank!), dass sie zu viel empfindet, aber damit gestraft, empfindet sie auch niemals zu wenig so wie gewisse Leute hier an diesem Tisch. Eure Mutter hat den Stress Jahr für Jahr und diesmal dafür gesorgt, dass es nicht eintönig wird. Sie hat sich was Neues ausgedacht. Besser, ihr bringt mal eine Spur von Humor auf, falls vorhanden. Ha ha ha, machten die Gefrierschrank-Töchter, und enttäuscht erkannte er, wie knauserig sie sich für ihre Eltern interessierten. Sie erwarteten nur den Zeitpunkt eines knapp noch höflichen Abgangs mit ihren abschreckenden Burschen. Flora behauptete immer, er wäre bloß eifersüchtig, aber jetzt hatte er keine Zeit, seine angeblich klassischen Väter-Töchter-Gefühle zu überprüfen. Als er in der Küche das Pistazieneis aus der Familienpackung in sechs Portionen aufteilte (Flora machte alles hastig, und deshalb geriet bei ihr jede erste Dosis voluminös, die dritte bereits vorsichtig, Tendenz fallend von der vierten an und die sechste zur Miniatur), da erschien zum Aufkorken einer weiteren Captain Cook's der blanke Freund. Kompliment, eins zu null für den Hausherrn! Mit Ihnen ist sowieso bei den Mädchen schwer Schritt zu halten. Stimmts? Der Blanke drehte sich nicht um, aber ein hinter Behaarung schalltotes Gebrumm verriet irgendwo in Türnähe den Bärtigen, signalisierte Zustimmung. Herr des Hauses! Konkurrenz, nicht zu schlagen! Seine Stimmung hob sich. Gar nicht ganz so übel, die zwei Burschen. Über Geschmack ließ sich nun mal nicht streiten. Und als später Sirin ihre Nase in den roten Kaschmirschal kuschelte und Eva ihren Scheck bewunderte und sie *Du bist total süß* und *Superpaps* durcheinander lobten, erleuchteten sie seine Erinnerung an die anschmiegsamen, zutraulichen kleinen Mädchen, die vor fast zwei Jahrzehnten hinter ihm hergezockelt waren.

Aber eine gute Idee wars wirklich nicht gewesen. Beim Versuch, sich, unterstützt von Barth und Bultmann und deren höflich-geduldigem, streitvermeidendem Briefaustausch, einzuschläfern, musste er an das Neue denken, das Flora eingefallen war. Es grenzte an Irrsinn, und sie hätte es mit ihm besprechen sollen. Trotzdem, und vielleicht hatte seine Gnade mit ihr, die weit über den eingeübten Gleichmut hinausging, irgendwas mit Weihnachten zu tun, er bereute es nicht, dass er, bevor eine unerwartete Harmonie die Mixtur der kirchlichen Feste und der sechs Personen zusammenführte, in die Hände geklatscht hatte zum Kommando: Also los! Was mich betrifft, ich hab ganz und gar nichts dagegen, jetzt endlich mit dem Ostereiersuchen anzufangen!

Er klappte das Buch zu. Beim Lichtausknipsen rührte ihn der schiefangenähte Träger vom Nachthemd auf Floras Schulter, oder wars ihre Haut und dass sie an den simpelsten Näharbeiten scheiterte? Ihre Lider zuckten wie vor Anstrengung, darunter eine aufregende Traumszene zu schützen, die Air France-Augenbinde, schräg stirnaufwärts gerutscht, verlieh ihr ein etwas gangsterhaftes Aussehen – die ganze schillernde problematische Flora rührte ihn, ihr Kinderschlaf nach einem vollgestopften Tag der trotzig-übereifrigen Spiellaune, ein Einzelkind unter lauter normierten Erwachsenen. Man sollte der erwachsenen Flora nicht Anpassung und Besonnenheit abverlangen. Ihr zubilligen, dass sie zuweilen zu viel empfand und deshalb nie zu wenig. Immer mehr, wenn er diesen komplizierten 24.12. rekapitulierte, kam Flora ihm wie ein Kind vor, nicht nur wenn sie schlief, erst recht die wache Flora, kindlich im Gegensatz zu den Töchtern. Hinter seine geschlossenen Augen transportierte das dämmernde Bewusstsein bebilderte Tagesimpressionen, alles ging wie beim Zapping durch die TV-Programme ineinander über, und verjagte das Aufstöbern von Verstecken der Weihnachtsgeschenke, den gedeckten Esstisch, vom Geschirr her assoziierte er sich zu Synonymen seiner drei Frauen im Haus, seine durchsichtigen Mädchen hatten etwas Gläsernes (ohne Captain Cook's dunkelrotes Leuchten darin), Flora hingegen war die buntbemalte spanische Keramikschale für ihre Relish-Dips und Taco-Chips. Die kurze Wucht, mit der er sie liebte, kam seiner Sehnsucht nach Schlaf in die Quere, trotzdem hätte er ihr ein wenig von seinem Ideentreibgut erzählen sollen, die Vorstellung, dass sie enttäuscht eingeschlafen war, passte ihm nicht. Doch Lust, sie zu wecken, hatte er auch keine. Weihnachten, fand das nicht so oder so im Kopf statt? Er wurde jetzt schläfrig. Ach, und: ach ja. Wer war das noch, Karl Barth vermutlich, der mit dem Kürzestgebet? Erste Stufe: Ach! Darauf vom Seufzer in Not ein Gedankensprung in die Freiheit des Vertrauens, die zweite Stufe, das *Ja!* Und zuletzt das verzagte *Ach* mit dem mutigen *Ja* verzahnt zum Konzentrat Einwilligung: Ach, ja! Vor-sich-hin-Murmeln war sein Schlafmittel, er benutzte es: Ach, Flora! Ja, Flora! Ach ja, Flora!

Erika Pluhar

Hier und im Augenblick

Warum wart ich zu lang
bin nie dort, wo ich soll
was halt ich in der Hand?
Nichts
Möchte was tun, doch nicht heut
alles hat so viel Zeit
und doch nicht – und doch nicht –
Warum lauf ich davon
und hink doch hinterher?
Geb den andern die Schuld
und geb nichts von mir her?

Es hat mich einmal gegeben
da war ich wirklich am Leben
und einmal werd ich wieder wahr sein –

Warum hoff ich zu viel
und glaub nie, dass ich's kann
was halt ich von mir selbst?
Nichts

Möchte mich wehr'n, doch nicht heut
alles hat ja viel Zeit
und doch nicht – und doch nicht –
Warum geb ich mir Recht
und schenk mir kein Vertraun?
Warum stehl ich den Tag
ohne ihn anzuschaun?

Es hat auch Tage gegeben
da war ich wirklich am Leben
und einmal werd ich wieder wahr sein –

Dann nehm ich den Augenblick
dreh den Kopf nicht zurück
sag nicht: da vorn ist das Leben
was ich jetzt tu, das zählt
was ich jetzt lasse, fehlt
und wird die Summe ergeben
Nehm ich das Jetzt nicht wahr
brauch ich kein nächstes Jahr
Zeit lässt sich nicht reservieren
Hier und im Augenblick
spielt doch das ganze Stück
hier und im Augenblick
spielt doch das ganze Stück.

Erika Pluhar

Zerreissprobe

Schönes Kleid der Existenz
dich nicht verschließen
dich nicht aufbrauchen
verbrauchen
dich ein wenig hegen
Gold und Blumen in dich einknüpfen
Farbe von Himmel und Erde
auf dir vertiefen
nicht verwaschen werden lassen
dich ausbreiten als Kostbarkeit
nicht mit dir umgeben
als wärst du ein Lappen
dich tragen im Bewusstsein
mit dem Wissen
dass du zerreißbar bist
auf die Zerreißprobe verzichten!

In jedem lebt ein Bild
des, der er werden soll.
Solang er das nicht ist,
ist nicht sein Friede voll.

Angelus Silesius

Rose Ausländer

Der Engel in dir

Der Engel in dir
freut sich über dein
Licht
weint über deine Finsternis
Aus seinen Flügeln rauschen
Liebesworte
Gedichte Liebkosungen
Er bewacht
Deinen Weg
Lenk deinen Schritt
engelwärts

Günter Kunert

Weihnacht

In allen Häusern ist schon Licht.
Hingegen in den Hauptessachen: Dunkelheit.
Unhörbar, was die Nacht verspricht
an kurzer Freude und an langem Leid.

Was hier als Zeichen in der Wiege ruht,
Jahrhundert um Jahrhundert fromm verehrt:
Ein bisschen Fleisch und Bein und Blut
ist allemal auch uns beschert.

Doch alles Feiern gilt dem einen Kind,
das später einmal unter Foltern stirbt.
Trotz allem Licht: Wir bleiben blind:
auf dass uns nichts den Appetit verdirbt.

Bertolt Brecht

Die gute Nacht

Der Tag, vor dem der große Christ
Zur Welt geboren worden ist
War hart und wüst und ohne Vernunft.
Seine Eltern, ohne Unterkunft
Fürchteten sich vor seiner Geburt
Die gegen Abend erwartet wurd.
Denn seine Geburt fiel in die kalte Zeit.
Aber sie verlief zur Zufriedenheit.
Der Stall, den sie doch noch gefunden hatten
War warm und mit Moos zwischen seinen Latten
Und mit Kreide war auf die Tür gemalt
Dass der Stall bewohnt war und bezahlt.
So wurde es doch noch eine gute Nacht
Auch das Heu war wärmer, als sie gedacht.
Ochs und Esel waren dabei
Damit alles in der Ordnung sei.
Eine Krippe gab einen kleinen Tisch
Und der Hausknecht brachte ihnen heimlich einen Fisch.
(Denn es musste bei der Geburt des großen Christ
Alles heimlich gehen und mit List.)
Doch der Fisch war ausgezeichnet und reichte durchaus

Und Maria lachte ihren Mann wegen seiner Besorgnis aus
Denn am Abend legte sich sogar der Wind
Und war nicht mehr so kalt, wie die Winde sonst sind.
Aber bei Nacht war er fast wie ein Föhn.
Und der Stall war warm und das Kind war sehr schön.
Und es fehlte schon fast gar nichts mehr
Da kamen auch noch die Dreikönig daher!
Maria und Joseph waren zufrieden sehr.
Sie legten sich sehr zufrieden zum Ruhn
Mehr konnte die Welt für den Christ nicht tun.

Arnim Juhre

Begebenheit

Es begab sich aber zu der Zeit,
da die Bibel ein Bestseller war,
übersetzt in mehr als
zweihundert Sprachen,
dass alle Welt sich fürchtete:
vor selbstgemachten Katastrophen,
Inflation, Kriegen, Ideologien,
vor Regenwolken, radioaktiv,
und Raumschiff-Flottillen,
die spurlos verglühn.

Als die Menschenmenge
auf dem Wege war,
ungeheuer sich vermehrend,
hinter sich die
Vernichtungslager der Vergangenheit
vor sich die
Feueröfen des Fortschritts,

als alle Welt täglich
geschätzet und gewogen wurde,
ob das atomare Gleichgewicht stimmt,
hörte man sagen:
Lasst uns nach Bethlehem gehen.

Peter Schütt

Weihnachtsballade 1978

Die Beamten, die im Schnellzug
München-Salzburg die Personenkontrolle
durchführten, blieben gelassen,
obwohl die Verdachtsmomente nicht
zu übersehen waren: fast schulterlanges
Haar, der Blick eines Fanatikers,
ungepflegte Kleidung, die auf einen Hang
zum Anarchismus hinzudeuten schien.
Ein Grenzschützer blieb auffällig
unauffällig auf dem Gang stehen,
während sein Kollege ins Abteil
trat und den Verdächtigen
um seine Papiere bat.

Sie sind Araber? Bin ich.
Gehören Sie der PLO an?
Ich trete für Gewaltlosigkeit ein.
Sind Sie Mitglied einer K-Gruppe?
Der Verhörte zögerte. Nein, die Kirche
führt mich höchstens als Ehrenmitglied.
Sind Sie privat oder dienstlich unterwegs?

Ich befinde mich
auf einer vorweihnachtlichen
Geschäftsreise zu den Agenturen
in Westeuropa …

Inzwischen hatte der andere
das Foto des Verdächtigen
im Fahndungsbuch ausgemacht.
Eindeutig, es handelte sich
um eine Leitfigur des internationalen
Terrorismus. Der Gesuchte,
hieß es, wechselt häufig seine Namen –
Wunderbar, Kraft, Rat, Friedefürst,
Ewigvater – und besitzt wenigstens
einen griechischen, römischen
und jüdischen Pass. Er hat
die Fischer am See Genezareth
aufgewiegelt, hat in der Wüste
Jordaniens eine Hungerdemonstration
organisiert und in Jerusalem
eine religiös verbrämte Volkserhebung
gegen die heimischen Geschäftsleute
und Bankherren angezettelt. Er ist
Anführer einer kryptokommunistischen
Zelle, der nach Angaben des Überläufers
Judas Ischariot mindestens
zwölf Terroristen angehören.

Die Beamten handelten
umsichtig. Kurz vor der Grenze
brachten sie den Zug zum Halten,
ein GSG 9-Kommando, das über Funk
alarmiert worden war, stieg hinzu
und nahm den Verdächtigen
nach kurzem Wortwechsel fest:
er wurde als der staatenlose
Jesus von Nazareth mit dem Decknamen
Christus identifiziert.

Werner Reiser

Der verhaftete Friedensengel

Als die Engel den Lobgesang über den Feldern von Bethlehem beendet hatten und sich wieder in die unsichtbare Welt zurückzogen, ließ sich einer von ihnen zur Erde sinken. Ihn drängte es, hinter den Hirten her in die Stadt Davids zu gehen und die Sache zu sehen, die geschehen war. Er ahnte nicht, was mit ihm geschehen würde.

Er hüllte sich in die Gestalt eines Menschen, um wie einer von ihnen dabeizusein und das Geheimnis des Friedens mit ihren Sinnen zu sehen, zu hören und zu riechen. Dabei verspätete er sich ein wenig und zog allein des Weges. Als er in das Tor von Bethlehem trat, wurde er von römischen Soldaten angehalten. Einer von ihnen fragte den unbekannten Einzelgänger nach dem Ausweis. „Meinen Ausweis?“ fragte er zurück, „Ich habe keinen und ich brauche keinen, ich weiß, wer ich bin.“ Und er richtete sich ein wenig auf, um sie seine verborgene Erhabenheit spüren zu lassen. Aber er fiel schnell wieder zusammen, als fremde Hände in seinen Mantel und seine Taschen fuhren und seinen Leib abtasteten. „Nichts“, sagten die Männer, „keinen Ausweis, keine Waffe, kein Geld.“ „Nichts?“ fragte der

Anführer der Gruppe, „macht nichts, wir nehmen ihn mit. Er ist verhaftet."

Er wurde an beiden Armen gepackt und fortgeführt. Das war freilich ein ungewohnter Griff, aber er befremdete ihn nicht allzu sehr. Dass Menschen zupacken, während Engel nur leise berühren und führen, wusste er wohl. Er lächelte wissend vor sich hin und war neugierig, wie es weiterginge. Er war in Bethlehem, in der Nähe des Kindes und fürchtete sich vor nichts. Er bedachte nicht, dass die Himmlischen unendliche Geheimnisse kennen, aber in den irdischen Dingen doch nicht so ganz heimisch sind. Er sollte bald mit ihnen vertraut werden.

Im Wachtlokal führten ihn die Soldaten dem Wachtkommandanten vor. Sie berichteten ihm, wo sie ihn angehalten hatten und was ihnen verdächtig vorgekommen war. Der Wachtkommandant fasst ihn ins Auge und begann ein Verhör.

„Wie heißt du?"

Er antwortete: „Ich bin ein Sohn des Friedens."

Der Kommandant befahl dem Schreiber, der neben ihm stand: „Schreibe: Ben Schalom."

Dann fragte er: „Woher kommst du?"

Der Engel antwortete: „Ich komme aus dem Reich des Lichts."

Der andere erwiderte: „Also von Sonnenaufgang?"

Der Engel meinte: „Man kann es auch so sagen" und freute sich schon, dass er recht verstanden wurde. Der Kommandant diktierte: „Schreibe: von Osten." Dann fuhr er fort: „Du kommst also von jenseits unserer Grenzen?"

Der Engel: „Allerdings, von sehr jenseits euren Grenzen. Aber was heißt das schon, eure Grenzziehung ist für uns nicht gültig, wir sind überall."

Der Kommandant nickte erstaunt: „Das ist sehr aufschlussreich. So viel hat noch keiner freiwillig zugegeben. Ihr seid also viele?"

Der Engel erwiderte: „Ja, wir sind sehr viele, aber das wissen nur wenige von euch."

Darauf der andere: „Wir werden bald mehr darüber wissen", und dem Schreiber befahl er: „Schreibe: einer von vielen, noch unbekannten feindlichen Kundschaftern aus dem Osten, der unsere Grenzen nicht anerkennt."

Der Engel protestierte: „Nein, nicht feindlich, um Himmels willen. Von jenseits der Grenzen zu kommen, ist alles andere als feindlich!" Der Wachtkommandant wies den Protest zurück: „Mir kannst du nichts vormachen. Ich weiß, wer Freund und wer Feind ist. Im Übrigen hast du nichts zu erklären, du hast nur zu antworten ... Du bist also geschickt worden?"

Der Engel fasste neuen Mut und stimmte zu: „So ist es. Ich bin ein Bote."

Der Kommandant griff rasch zu: „Du gibst es zu? Wie lautet dein Auftrag?"

Der Engel wurde verlegen. Ihm wurde bewusst, dass er von sich aus entschieden hatte, auf der Erde zurückzubleiben und menschliche Gestalt anzunehmen. Ein Auftrag war es nicht gewesen. Der andere merkte, wie er zögerte, und fragte nochmals: „Wie lautet dein Auftrag?"

Der Engel antwortete: „Ich sollte mich in der Gegend

von Bethlehem einfinden und dort mit Menschen des Friedens Verbindung aufnehmen. Alles Weitere würde sich von selbst ergeben."

Der Wachtkommandant besann sich eine Weile und sagte dann: „Man scheint dir bei deinem Auftrag große Freiheit zu lassen. Du musst einer von weit oben sein." Dem Schreiber befahl er: „Schreibe: die Gegend von Bethlehem ist Zentrum der feindlichen Tätigkeit. Es werden Spitzenleute eingesetzt."

Der Engel war freudig verwirrt. „Von weit oben" hatte er gesagt. Merkte dieser misstrauische Mensch allmählich, mit wem er es zu tun hatte? Er war so in seine Freude versunken, dass er nicht hörte, was diktiert wurde. Er sah auch nicht, dass der Kommandant einem Soldaten etwas befahl und dieser wegging. Er kam erst aus seiner Freude zurück, als die Türe aufging und der Soldat einige Gefangene hereinbrachte. Der Kommandant stellte sie dem Engel gegenüber auf und fragte ihn: „Kennst du diese Männer?" Der Engel schaute sie an und erkannte sie. Es waren Geschöpfe Gottes, die ihm anvertraut worden waren. Er hatte sie zu gewissen Zeiten begleitet und bewahrt. Er nickte: „Ja, ich kenne sie. Ich war ihnen sehr nahe." Der Vorgesetzte fragte einen nach dem andern: „Kennst du diesen da?" Einer nach dem andern schüttelte den Kopf und sagte: „Nein, ich kenne ihn nicht." Bevor der Engel noch etwas erwidern konnte, wurden die Gefangenen abgeführt. Der Wachtkommandant trat vor ihn hin und betonte: „Du kennst sie, aber sie kennen dich nicht. Du musstest sie überwachen, nicht wahr? Bei deiner Stellung habe ich nichts anderes erwartet."

„Bewacht habe ich sie, nicht überwacht!“ korrigierte ihn der Engel. Aber der andere winkte ab und sagte: „Mir brauchst du nichts zu erklären. Ich bin im Bild. Es passt alles zusammen.“ Er griff nach dem Blatt des Schreibers und überflog es. „Du gibst zu: Du bist Ben Schalom, stammst aus einem feindlichen Land im Osten, respektierst unsere Grenzen nicht, bist einer von vielen, die uns auskundschaften, du musst als Sonderbeauftragter in dieser Gegend Leute für eure Sache gewinnen und bei der Durchführung eurer Pläne überwachen. Das alles genügt mir.“

Der Engel erschrak. So tönte es im Mund eines Irdischen, was er von sich und seinem überirdischen Auftrag erzählt hatte. Er hörte seine eigenen Worte, und doch war alles ganz anders, als er gesagt hatte und als es war. War denn keines seiner Worte recht angekommen? Bekamen bei den Menschen die Worte einen ganz andern Sinn, als sie ursprünglich hatten? Bei den Himmlischen war alles klar, das Wort war geborgen und ruhte in sich und seiner inneren Wahrheit, aber hier fiel es wie ein unbeschützter nackter Vogel aus dem Nest und blieb zerquetscht am Boden liegen. Ihm war bekannt, dass bei den Menschen Worte und Taten auseinander klafften, die im Himmel eins waren, aber dass die Worte selber auseinander brechen könnten, darauf war er nicht vorbereitet gewesen. Ihm wurde es unheimlich zumute. Er war dieser mehrdeutigen Welt nicht gewachsen und sehnte sich in die himmlische Klarheit zurück.

Plötzlich erinnerte er sich seiner Verkleidung und atmete auf. Er brauchte diese menschliche Gestalt nur abzustreifen, um in seinem Glanz vor ihnen zu stehen und aufzufahren. Vielleicht würden sie vor Freude und Ehrfurcht so überwältigt sein, dass sie das Misstrauen ihres Wesens und die Zwiespältigkeit ihrer Worte erkennten und abschüttelten. Er sammelte sich, lockerte Beine und Schultern, streckte die Arme aus, um sich aufzuschwingen und – fiel in sich zusammen. Die Arme fielen herunter, die Füße waren erdenschwer, der Leib gehorchte dem Willen nicht mehr. Alle Kraft zog ihn nach unten. Er rief verzweifelt nach oben um Hilfe, aber niemand kam. Stattdessen hörte er eine leise Stimme, die sagte: „Bleibe, wie du bist. Du bist einer von ihnen und musst es durchstehen wie sie." Es wurde dunkel vor seinen Augen, und er brach zusammen.

Er kam erst wieder zu sich, als ihn Soldatenhände packten, aufhoben, wegschleppten und auf einen Strohhaufen warfen. „So könnt ihr mich ihnen doch nicht überlassen!" begehrte er nach oben auf. Da hörte er wieder die leise Stimme, die sagte: „Der Friede beginnt heute Nacht auf einem Strohhaufen." Dann fiel er in einen schweren Schlaf.

Er erwachte, als er grob geschüttelt wurde. Er hatte keine Ahnung, wie lange er geschlafen hatte. Er entsann sich nur, irgendwann einmal geträumt zu haben, dass er einen Mann, der neben einer Krippe lag, gedrängt hatte, mit Frau und Kind das Heim zu verlassen und nach Ägypten zu fliehen. „Steh auf, du musst zum Kommandanten!" befahl ihm ein Soldat, zerrte ihn hoch und schob ihn vor sich im Dunkeln her.

Es war ein anderer, dem er vorgeführt wurde. Er kannte sich zwar in den irdischen Rängen nicht recht aus, da er stets nur auf die Herzen achtete, aber er spürte sogleich, dass dieser mehr zu befehlen hatte und der Sache tiefer nachging. Auch der Kommandant schien etwas von der verborgenen Bedeutung des Vorgeführten zu ahnen und schaute ihn aufmerksam an. Dann blickte er auf ein Blatt und sagte: „Du bist kein gewöhnlicher Bote. Du bist von oberster Stelle eingesetzt." Beide nickten einander schweigend zu. Dann fuhr er fort: „Was ist deine Aufgabe?"

Der Engel antwortete: „Ich will dem Frieden dienen. Ich habe keine andere Absicht."

Der Kommandant erwiderte: „Das tun wir auch. Wir haben auch keine andere Absicht. Wir vertreten überall in der Welt den römischen Frieden. Darin sind wir uns einig. Willst du in unsere Dienste treten? Wir können Leute von deiner Art gut brauchen."

Der Engel hob abwehrend die Hände: „Ihr vertretet euren Frieden mit Gewalt, mit Soldaten, Schwertern und Lanzen. Das ist nicht meine Sache."

Der Kommandant antwortete: „Ich weiß, dass du mit andern Mitteln kämpfst. Aber es kommt auf dasselbe heraus. Da, wo du herkommst, gibt es auch Heere und Waffen. Spiel mir nichts vor!"

Er stutzte. Ahnte der andere etwas? Dann erwiderte er: „Es ist ganz anders, als du meinst. Unsere Heere und Waffen sind von geistiger Art und schaden niemandem."

Der Kommandant entgegnete unwillig: „Du bist ein Spion und – was noch gefährlicher ist – ein Schwärmer. Du siehst die Wirklichkeit nicht, wie sie ist. Aber wenn du willst, kannst du auch bei uns mit deinen unblutigen Waffen für den Frieden kämpfen."

Der Engel spürte, wie eine unerwartete Hoffnung in ihm aufkeimte. Er fragte: „Kann ich euren Soldaten den Frieden geben?"

Der Kommandant ging sofort darauf ein: „Warum nicht? Lege ihnen den Frieden in die Seele. Sie haben ihn nötig. In ihren Herzen ist soviel Angst vor dem Tod. Nimm sie ihnen weg und gib ihnen beim Sterben deinen Frieden, das wird für sie eine große Hilfe sein."

Der Engel fuhr auf: „Aber ich werde ihnen dabei etwas ganz anderes ins Herz legen, als du willst, so dass sie die Waffen niederlegen und einen Frieden begehren, der zum Leben und nicht zum Sterben führt. Das werde ich tun, so wahr ich lebe!"

Der Kommandant erwiderte schroff: „Das wirst du nicht tun. Ich sehe, dass du unser Feind bist und bleibst. So wahr du lebst, du wirst noch in dieser Nacht dein Leben verlieren ... Wegführen!" Noch bevor die Soldaten zugriffen, trat der Engel einen Schritt vor und küsste den Kommandanten auf die Stirne.

Als er wieder auf dem Stroh in der Ecke saß, dachte er lange über sein bevorstehendes Ende und seinen misslungenen Friedensweg nach. Noch mehr als das, was mit ihm geschehen sollte, machte ihm bange, dass der Friede den Menschen so unverständlich und fremd blieb. Sie seufzten und schrien zwar nach ihm, aber sobald er unter ihnen zu wirken begann, fürchteten sie ihn. Er machte sie unruhig und unsicher. Lieber verließen sie sich auf ihre hartgetretenen Wege, als sich auf etwas Neues und Werdendes einzulassen. Der Friede war aber doch nicht dazu bestimmt, wie ein schöner Traum über der Erde zu schweben und auf ihr selber nie Fuß zu fassen. Weshalb wurde er den Menschen so schwer gemacht? „Warum steht ihr uns nicht kräftiger bei und treibt das Werk des Friedens unter uns?“ begehrte er nach oben auf. Da hörte er wieder die leise Stimme, die sagte: „Es gibt keinen Frieden ohne Leiden und Opfer. Er fällt nicht vom Himmel auf die Erde. Er wirkt nur durch Menschen, die ihn wollen. Du bist einer von ihnen.“

In der letzten Stunde der Nacht führten sie ihn hinaus. Einige Soldaten trugen ein Schwert, andere einen Spaten. Kein Mensch war zu sehen, kein Himmlischer zu spüren. Als sie aus dem Tor hinaustraten, sah er in der Morgendämmerung einen Mann neben einem Esel gehen, auf dem eine Frau mit ihrem Kinde saß. Die Soldaten beachteten sie nicht. Er aber fühlte plötzlich eine seltsame Wärme und eine große Freude und flüsterte vor sich hin:

„Nur Mut, es geht weiter. Der Friede ist unterwegs.“

Dann ging alles sehr schnell. Er spürte den Schlag – und war als Engel des Friedens wieder bei sich. Er stand da und blickte auf die menschliche Hülle, die zu seinen Füßen lag. Er war dankbar für die schmerzliche Erfahrung, die sie ihm in diesen Tagen vermittelt hatte. Niemand nahm ihn wahr. Die Soldaten entfernten sich. Zwei von ihnen blieben mit dem Spaten zurück und hoben ein Grab aus. Er hörte noch zu, wie sie miteinander redeten. Der eine sagte: „Früher habe ich damit meinen Garten umgegraben. Das war eine gute Zeit.“ Der andere erwiderte: „Und ich habe damit den Boden ausgehoben, um die Grundmauern für ein Haus zu legen. Damals war ich glücklich." Dann gruben sie schweigend weiter.

Er aber machte sich auf den Weg, um die kleine Gruppe einzuholen, die in der Morgendämmerung verschwunden war. Einmal wandte er sich noch um und sah im ersten Licht des Tages, wie zwei Männer mit einem Spaten auf der Schulter die Gegend von Bethlehem verließen und, ohne es zu wissen, dem Weg der Frau mit dem Kind folgten.

ERIKA PLUHAR

SOLDAT MIT PISTOLE, MOSKAU

In der Moskauer U-Bahn – einem bombastischen stalinistischen Machtwerk, mit allen Symbolen und Idolen des Faschismus ausgestattet – zeigte uns die Dolmetscherin Marina auf einer Station etwas ungeheuer Beeindruckendes: an einer sehr frequentierten Stelle, zwischen Rolltreppe und Bahngleis, steht in einer Nische die metallene Skulptur eines Soldaten mit Helm und vorgehaltener Pistole. Der Lauf dieser Pistole ist ganz blank und bereits so dünn wie ein Stäbchen. Die Moskauer Kinder, wenn sie daran vorbeigehen, fassen einmal hin. Einmal nur.

Und wirklich konnte ich beobachten, wie sie die Eile ihres Weges nicht unterbrechen, aber im Vorbeigehen den Pistolenlauf einmal mit ihrer Hand umschließen. Eines Tages wird es ihn nicht mehr geben. Das Metall von der stetigen Berührung weichen Fleisches zerrieben, aufgelöst.

Dies die Kraft der Einzelnen, wenn sie zusammenwirken; gleich-gesinnt könnten sie Berge versetzen, die vielen Einzelnen.

Das wäre die Kraft menschlicher Solidarität.

Der Mensch, wenn er ins Leben tritt,
ist weich und schwach,
und wenn er stirbt, so ist er hart und stark.
Die Pflanzen, wenn sie ins Leben treten,
sind weich und zart,
und wenn sie sterben, sind sie dürr und starr.
Darum sind die Harten und Starken Gesellen des Todes,
die Weichen und Schwachen Gesellen des Lebens.
Darum: Sind die Waffen stark, so siegen sie nicht.
Sind die Bäume stark, so werden sie gefällt.
Das Starke und Große ist unten.
Das Weiche und Schwache ist oben.

Laotse

Peter Henisch

Das Licht

Der kleine Jesus liegt in der Krippe und weiß von nichts. Das heißt: eigentlich weiß er alles, aber bei seiner Geburt hat ihn (nach guter alter jüdischer Sitte) ein Engel auf den Mund geschlagen, und er hat alles vergessen. Was im Anfang war und was am Ende sein wird – die ganze Weltgeschichte. Nun liegt er da, wie ein Neugeborenes daliegt, und heißt vorläufig Jeschua.

Sicher, die Umstände sind etwas ungewöhnlich, nicht jedes Neugeborene liegt (wie man später in Weihnachtsliedern singen wird:) auf Heu & auf Stroh. Aber man muss nicht meinen, dass er da schlecht liegt, die Witterungsverhältnisse sind übrigens auch anders, als wir uns das vorstellen werden – Schnee ist recht unwahrscheinlich im Lande Juda. Mehr nolens als volens sind seine Eltern aufgebrochen, um sich in ihrer Heimatgemeinde registrieren zu lassen (Volkszählungen waren schon damals sehr unbeliebt). Und das haben wir jetzt davon, hat Josef zu Miriam gesagt, als ihre Wehen zu früh angefangen haben, wären wir doch in Nazareth geblieben!

Die Umgebung ist allerdings so übel nicht, Stall ist nicht gleich Stall, Schweine werden in Israel nicht gezüchtet, und die Hirten sind freundliche Leute. Man hat Schafskäs und Brot gebracht, noch nicht dem Jesuskind natürlich, aber seinen Eltern, vielleicht gibt es sogar einen Schluck Wein. Oder nein: nehmen wir lieber Ziegenmilch, die ist gut für stillende Mütter. *Mein* Sohn, sagt Josef, und kommt nicht auf den Gedanken, daran zu zweifeln, ben Josef, der Sohn Josefs.

So wäre, bis auf die politischen Verhältnisse (immerhin steht die Besatzungsmacht im Land, aber das mag man in so einem privaten Augenblick vergessen), alles schlicht idyllisch bei der Geburt des kleinen J. Erst recht, wenn man unter dem Dach des Stalls Ochs & Esel und darüber einen ungeheuren Sternenhimmel hinzudenkt. Aber das ist es eben, dieser Sternenhimmel – ein Sternenhimmel, wie wir ihn heute, unter unserer Dreckglocke, kaum mehr sehen können –, der Himmel ist schuld. Vielleicht ist das Dach des Unterschlupfs schadhaft, und gerade das gibt dem einen oder anderen Lichtstrahl die Möglichkeit, einzufallen – aber dieser Einfall ist sicher kein Zufall.

Wir wollen der Überlieferung folgen und annehmen, dass es ein Hirt zuerst gesehen hat. Das waren ja übrigens keine Hüterbuben damals, sondern Halbnomaden, vertraut mit den Zeichen und Wundern der Natur, immer in Erwartung des Unerwarteten. Oder auch in Erwartung des voll heiliger Ungeduld Erwarteten: Da wird einer kommen, der wird uns (sein Volk) befreien. Und dann wird die Willkür der Herrschenden aufhören, dann werden die Erniedrigten und Beleidigten erhöht und entschädigt werden, dann wird kein ungerechter Unterschied mehr sein zwischen unten und oben. Seht doch nur, seht, könnte also dieser Hirt gesagt haben. Und: Was, könnte Josef gefragt haben, was gibt es denn da schon groß zu sehen? Das Licht, sagt der Hirt, das Licht auf der Stirn des Kleinen! Na und, könnte Josef gesagt haben, na schön, dann stellen wir halt das Kind ins Dunkel, damit es besser schläft. Ja, jetzt darf er noch schlafen, dem später, gegen Ende seines Lebens, das Schlafen so schwer fallen wird, in einem Garten in der Nähe Jerusalems, aber hier ist Bethlehem. An Miriams Brust schläft er ein, wie ein satter Säugling einschläft. Und der versponnene Hirt fällt zurück in ein nachdenkliches Schweigen und summt vielleicht einen Psalm in seinen Bart. Einen Psalm, den man später zu einem Schlaflied verniedlichen wird, doch nun, da das Kinn des Hirten nach und nach auf die Brust sinkt, klingt er wirklich so ähnlich. Und draußen ist Nacht, und auch die römischen Soldaten in den Garnisonen schlafen. Und selbst der Kaiser in Rom schläft, wenngleich etwas zeitverschoben, und hat noch keine Ahnung, was seinem Reich, das sehr eindeutig von dieser Welt ist, bevorsteht. Stille Nacht, heilige Nacht – aber das ist die Nacht vor dem Tag, die Ruhe vor dem Sturm. Denn später, in Nazareth, wird der kleine Jesus aufwachen und fragen …:

Mame, wie war das damals, als ich geboren wurde?

Du bist ein bisschen zu früh gekommen, wird sie sagen, und es hat Gott sei Dank nicht besonders weh getan.

Ja aber, wird der kleine Jesus sagen, das meine ich nicht, wie war das mit dem Licht?

Das Licht war auf deiner Stirn, wird Miriam sagen.

Ach was, wird Josef sagen und einen Moment lang zu sägen aufhören, setz doch dem Buben kleine Flausen in den Kopf!

Ich sage ja nur, was wahr ist, wird Miriam sagen.

Nichtwahr, wird der kleine Jesus weiterfragen, die drei weisen Männer haben es auch gesehn?

Weise Männer! wird Josef brummen. Sterngucker sind das gewesen! Verrückte!

Sag das nicht, wird Miriam sagen, sie haben ihn immerhin gesegnet.

Ich wollte, wird Josef lachen, ein bisschen bitter, sie hätten wirklich die Geschenke gebracht, von denen die Leute erzählen. Naja, auf Weihrauch und Myrrhe hätte ich für meinen Teil ganz gern verzichtet. Aber das Gold, das hätten wir brauchen können!

Nimm ihn nicht ernst, wird Miriam lächeln, er meint es nicht bös.

War da wirklich ein Stern? wird der kleine Jesus fragen.

Ja, wird Miriam sagen, ein Stern war da wirklich – die weisen Männer haben gesagt, das war ein Phänomen, aber von solchen Dingen weiß ich nichts. Ich kann dir nur sagen: es war der hellste Stern, den ich mein Lebtag gesehen hab.

Bertolt Brecht

Maria

Die Nacht ihrer ersten Geburt war
Kalt gewesen. In späteren Jahren aber
Vergaß sie gänzlich
Den Frost in den Kummerbalken und rauchenden Ofen
Und das Würgen der Nachgeburt gegen Morgen zu.
Aber vor allem vergaß sie die bittere Scham
Nicht allein zu sein
Die dem Armen eigen ist.
Hauptsächlich deshalb
Ward es in späteren Jahren zum Fest, bei dem
Alles dabei war.
Das rohe Geschwätz der Hirten verstummte.
Später wurden aus ihnen Könige in der Geschichte.
Der Wind, der sehr kalt war
Wurde zum Engelsgesang.
Ja, von dem Loch im Dach, das den Frost einließ, blieb nur
Der Stern, der hineinsah.
Alles dies
Kam vom Gesicht ihres Sohnes, der leicht war
Gesang liebte
Arme zu sich lud

Und die Gewohnheit hatte, unter Königen zu leben
Und einen Stern über sich zu sehen zur Nachtzeit.

Georg Trakl

Ein Winterabend

Wenn der Schnee ans Fenster fällt,
Lang die Abendglocke läutet,
Vielen ist der Tisch bereit
Und das Haus ist wohlbestellt.

Mancher auf der Wanderschaft
Kommt ans Tor auf dunklen Pfaden.
Golden blüht der Baum der Gnaden
Aus der Erde kühlem Saft.

Wanderer tritt still herein;
Schmerz versteinerte die Schwelle.
Da erglänzt in reiner Helle
Auf dem Tische Brot und Wein.

Ernst Jandl

NIEMALS WAR EIN WEIHNACHTSMANN

Niemals war ein weihnachtsmann.
aber das christkind.
der glanz war blendend
    wunderbar.
das ganze Zimmer war
    blendend.
und der schöne christbaum und
    die vielen schönen sachen.
seit über vierzig jahren
hab ich nicht mehr daran
    geglaubt.
aber jetzt beginnt sich
    etwas zu ändern.
alles kann mich plötzlich
    blenden
nämlich jedes gewöhnliche
        ding.
        ich halte
    nichts in den Händen
nach so langer zeit.

aber es ist nicht mehr
so weit bis dorthin
als es schon war.
das wird das ganze
zimmer
in das ich eingesperrt bin
groß und weiß und
blendend wunderbar.

MIROSLAV HOLUB

WIE MAN VOLLKOMMENE WEIHNACHTEN MALT

Oben hin malt man
den Himmel, fein wie Froschhaar.
Unten hin gießt man etwas Finsternis,
angewärmt auf Zimmertemperatur
oder ein bisschen mehr.

In die Finsternis ritzt man
mit einer Katzenkralle ein Bäumchen,
das allerschönste Bäumchen,
von dem auf der Welt
kein einziger Förster träumt.

Und das Bäumchen beginnt
ganz von allein zu leuchten,
und schon knistert das Bild
vor grüner Freude,
von purpurner Hoffnung.

Ja, aber jetzt müsst ihr
unters Bäumchen
das Wichtigste legen,
das, was ihr euch am meisten wünscht,
das, was die Sänger beim Gitarrenklang
Glück heißen.

Die Katze hat es leicht,
die Katze legt eine Maus hin,
der Hauptmann legt sich
die größte Düsenhellebarde hin,
die schießt, feuert und salutiert,
der Spatz legt sich
ein paar Halme fürs Nest hin,
der Herr Offizial legt sich
eine erledigte Akte mit roter Schleife hin,
der Schmetterling legt sich
ein Pfauenauge aus Lastex hin,
und was legt ihr euch hin?

Ihr überlegt, überlegt,
bis der Tag graut,
bis der Fluss fast weggeflossen ist,
bis die Glühbirnen zu gähnen anfangen,
ihr überlegt,

und am Ende saugt ihr
mit dem Löschblatt in der Finsternis
eine milchig weiße Stelle frei,

ein bisschen wie ein Dukaten,
ein bisschen wie ein Schiff,
ein bisschen wie der Mond,
ein bisschen wie das schöne Gesicht
eines anderen Menschen.

eine milchig weiße Stelle,
vielmehr etwas wie Leere,
oder das Gegenteil von etwas,
wie Nichtschmerz,
wie Nichtangst,
wie Nichtsorge,
eine milchig weiße Stelle,
und ihr geht schlafen
und sagt euch,
ja, ich kann es jetzt,
ja, nächstes Mal schon
male ich
die besten Weihnachten,
die es je gab.

Keinen verderben zu lassen,
auch nicht sich selber
Jeden mit Glück zu erfüllen
auch sich, das
ist gut.

Bertolt Brecht

Quellenverzeichnis

Ilse Aichinger, Vor der langen Zeit, aus: dies., Kleist, Moos, Fasane.
© S. Fischer Verlag GmbH, Frankfurt am Main 1987.

Rose Ausländer, Der Engel in dir, aus: dies., Ich höre das Herz des Oleanders. Gedichte 1977–1979.
© S. Fischer Verlag GmbH, Frankfurt am Main 1984.

Heinrich Böll, Monolog eines Kellners, aus: Heinrich Böll. Erzählungen.
© 1994 by Verlag Kiepenheuer & Witsch Köln.

Bertolt Brecht, aus: Werke. Große kommentierte Berliner und Frankfurter Ausgabe, Band 13, © Suhrkamp Verlag 1993: „Die gute Nacht“, „Maria“.
Aus: dto., Band 19, Suhrkamp Verlag 1997: „Das Paket des lieben Gottes“.

Erich Fried, Was es ist, aus: Es ist was es ist. © 1983, NA 1996, Verlag Klaus Wagenbach Berlin.

Peter Henisch, Das Licht, © 1991 Residenz Verlag, Salzburg und Wien.

Hermann Hesse, aus: Sämtliche Werke, Band 8, © Suhrkamp Verlag 1977: „Als unser kleines stilles Christfest …“ Aus: dto. Band 1: „Weihnachten des Alten“.

Ruth Hoffmann, Der dritte König, aus: Wolfgang von Eichborn, Ihr Hirten erwacht, München, Gräfe & Unzer 1961.

Miroslav Holub, Wie man vollkommene Weihnachten malt, aus: Miroslav Holub, Obwohl …, © 1969 Carl Hanser Verlag, München – Wien.

Ernst Jandl, niemals war ein weihnachtsmann, aus: Ernst Jandl, poetische Werke, hrsg. von Klaus Siblewski, © 1997 by Luchterhand Literaturverlag, München, einem Unternehmen der Verlagsgruppe Random House GmbH.

Arnim Juhre, Begebenheit, aus: Frieden will geboren sein. Advents- und Weihnachtsgedichte, © Lutherisches Verlagshaus, Hannover 2001, S. 29.

Marie Luise Kaschnitz, Alle Jahre wieder, aus: Gesammelte Werke, Band 4, © Insel Verlag, Frankfurt 1983.

Erich Kästner, Ein Kind hat Kummer, aus: Erich Kästner, Als ich ein kleiner Junge war, © Atrium Verlag, Zürich 1957.

Erich Kästner, Verhinderte Weihnachten, aus: Erich Kästner, Lärm im Spiegel, © Atrium Verlag, Zürich, und Thomas Kästner.

Günter Kunert, Weihnacht. Günter Kunert, Fremd Daheim. Gedichte, © 1990 Carl Hanser Verlag, München – Wien.

Laotse, Der Mensch, wenn er ins Leben tritt …, aus: Laotse, Tao te King, Das Buch vom Sinn und Leben. Übersetzt und mit einem Kommentar von Richard Wilhelm, erschienen bei Diederichs im Heinrich Hugendubel Verlag, Kreuzlingen/München 1978, 13. Aufl. 2000.

Siegfried Lenz, Eine Art Bescherung, aus: Claus Hinrich Casdorff, Weihnachten 1945. Ein Buch der Erinnerungen, Copyright © 2003 by Hoffmann und Campe Verlag, Hamburg. Erstausgabe: Athenäum, Frankfurt am Main, 1989.

Lore Lorentz, Ich denke an Aloysius Schwammel, © Kay und Lore Lorentz Stiftung/Kay Sebastian Lorentz.

Mynona, Das Weihnachten des alten Schauspielers Nesselgrün. Der Text wurde entnommen: Mynona, Rosa die schöne Schutzmannsfrau und andere Grotesken. Hg. v. Ellen Otten, © 1989 by Arche Verlag AG, Raabe + Vitali, Zürich.

Anna Pluhar, von der der Text „Der Christbaum“ stammt, ist die Mutter von Erika Pluhar.

Erika Pluhar, „Jahrhundertlied“; Hier und im Augenblick; In unsern Händen; Soldat mit Pistole, Moskau; Wahrnehmen und freigeben; Zerreißprobe, aus: Erika Pluhar, Lieder, Lyrik, Kleine Prosa, © 1998 by Erika Pluhar, E. T. E.

Werner Reiser, Der verhaftete Friedensengel, aus: Der verhaftete Friedensengel und andere Legenden, Friedrich Reinhardt Verlag, Basel 1985, © beim Autor.

Herbert Rosendorfer, Die stille Zeit, aus: ders., Briefe in die chinesische Vergangenheit, © 1983 by Nymphenburger in der F. A. Herbig Verlagsbuchhandlung GmbH, München.

Peter Schütt, Weihnachtsballade 1978, aus: Uwe Wandrey (Hg.), Heilig Abend zusammen! Ein garstiges Allerlei, Reinbek (Rowohlt) 1982/1997.

Monika Sperr, Kein Wort von Weihnachten, aus: Uwe Wandrey (Hg.), Heilig Abend zusammen! Ein garstiges Allerlei, Reinbek (Rowohlt) 1982/1997.

Gabriele Wohmann, Floras Weihnachten; Schreib mal was mit glänzenden Kinderaugen, aus: Gabriele Wohmann, Bleibt doch über Weihnachten – Erzählungen, Pendo GmbH, Zürich 1998.

Anmerkung des Verlages:

Wir danken den Verlagen und Rechteinhabern für die Erteilung der Abdruckgenehmigungen. Bei einigen Texten war es trotz gründlicher Recherchen nicht möglich, die Inhaber der Rechte ausfindig zu machen. Honoraransprüche bleiben bestehen.

Himmlisches

Anton Lichtenauer
Gönn dir einen Stern
Die Weihnachtsedition
Band 7039
Sternenträume - Sehnsucht und Wünsche erweitern unser Leben. Jeder Tag des neuen Jahres bringt neue Perspektiven für das Glück. Die besondere Edition: Der Bestseller als ideales Weihnachtsgeschenk - mit den besten Wünschen!

Norbert Blüm
Die Nacht ist hin, nun wird es Licht
Meine schönsten Weihnachtsgedichte
Band 7033
Winter, Sterne, Christbaum, Lichterglanz - und die wunderbare Geschichte einer heiligen Nacht. Die schönsten Gedichte, nachdenklich, staunend, heiter: Texte von R. Walser, H. Heine, M. L. Kaschnitz, R. M. Rilke, P. Gerhard, J. Krüss u.a.

Norbert Blüm
Vom Weihnachtsmann
Geschichten von freudigen Überraschungen
Band 7018
Wir alle dürfen an den Weihnachtsmann glauben, denn es gibt ihn tatsächlich, wie diese Geschichten beweisen.

Christiane Hörbiger
Vom Weihnachtsengel
Geschichten von wunderbaren Begegnungen
Band 7015
Die schönsten Geschichten von irdischen und überirdischen „Weihnachtsengeln".

HERDER spektrum